アルバイト探偵(アイ)
調毒師を捜せ
打工偵探
尋找製毒師
大澤在昌
劉姿君 譯

目錄

避暑勝地的夏天，殺手的夏天

打工偵探——尋找製毒師

1

你愛不愛夏天？

那要看你有多青春。

都立K高中二年級的冴木隆同學，當然是酷愛夏天的年輕人。

首先是暑假——光明正大的把妹季節，山邊、海洋也好，鬧區、街頭也罷，都是渴望邂逅與發洩精力的場所。就算荷包瘦了點，夏天到了，總會有辦法。要是真的不行，丟下一句「抱歉」就落跑。夏天嘛，女生也會笑著原諒。

八月初，在整座城市熱到無力的酷暑中，我帶康子去游泳。

我才不屑那種開車到王子飯店、新大谷飯店裝模作樣的笨蛋，我騎上NS400R，載著康子駛向惠比壽的區民游泳池。

可不能小看這地方，小鬼是多了點，除此之外，這裡可以讓我們盡情玩水。

同樣都是小孩，這裡的小鬼渾身曬得黝黑，生龍活虎，跟那種被虛榮歐巴桑帶到一流飯店游泳池的小鬼不一樣。

有些小學生看到康子大膽的比基尼泳裝，還停下腳步放肆地說：

「好大的奶子！」

阿隆我當然得負起責任，把他們一一丟進游泳池。

不過，我也有同樣的想法。別看康子滿口粗話不輸男人，她的身材豐滿得很，讓我感動無比。

「隆要不要也來冷卻一下？」

康子嗲聲對著若無其事把眼睛瞟向她乳溝與大腿的我說道。

「好冷漠啊！我們難得獨處。」

小鬼浮上水面看好戲，我伸手又把他們壓下去。

這陣子，康子和我的進展有點不順。初春時，康子積極接近我，但涼介老爸在破案時挨了槍，住院住了半個月。這段期間，她和麻里姊的卡位戰好像造成了不良影響。

我很怕麻里姊為了照顧老爸走得太近，康子似乎看穿了，對我投以冷淡的眼神。

平常，若要讓老爸和麻里姊保持距離，就是請媽媽桑圭子出場。但媽媽桑有店要顧，不能時時刻刻陪著老爸，於是老爸趁她不在的時候，把麻里姊叫去醫院。

經過了這些風風雨雨，康子到現在還是對我有好感，這一點我很清楚，但是這陣子她就盯我盯得特別緊。

老爸平安出院，「冴木偵探事務所」再度開張。這段期間，可憐的冴木隆同學得以逃過流落街頭的命運，全都要感謝咖啡店「麻呂宇」與國家公權力的協助。

至於受傷的老爸有沒有稍微收斂一點?完全沒有。不知什麼緣故，挨了子彈以後，他的賭運就見鬼的好，每天都泡在麻將館、賽馬場、小鋼珠店，過著不識輸是什麼滋味的日子。

阿隆我因此憂心忡忡，再這樣下去，「冴木偵探事務所」在不久的將來會關門大吉，不良老爸不知是第七次還是第八次，改行當賭徒去也。

「要不要上冷凍貨櫃車坐坐，還是讓飆車族照顧一下呀，保證你透心涼！只不過我不奉陪。」康子冷漠地說道。

「那當然要一起去呀，不然一個人豈不是太寂寞了。」

「想得美，笨蛋！」

真無情。

熱得受不了就泡進泳池裡，上岸就曬曬太陽。我喜歡這裡的原因之一，是這裡不像飯店的游泳池，池水不會被大哥大姊的防曬油弄髒。

過了下午五點，小鬼的人數開始減少，顯然是餓了，大家紛紛趕回那個有晚飯和學校作業的甜蜜的家。

我翻了翻曬得發燙的身體。

「差不多該走了吧？」

星期五，是溫柔天使麻里姊的上班日，她會過來幫我解決像山堆一樣的暑假作業。

「對喔，今天是星期五嘛。」

康子好像故意這麼說。星期五有家教，她當然知道。

「我本來還想去夜店跳舞呢！」

康子說著，拋給我一個媚眼。

「別這麼壞心眼。要是男朋友高中三年還念不完，妳這個大姊頭也沒面子吧！」

康子念的J學園是頗負盛名的藝人學校，暑假作業形同虛設。想繼續升學的學生，還有附屬短大可供選擇。

「還是妳想退出江湖？」

「開玩笑，那不如把男人休掉。」

康子反擊，但朝我嫣然一笑。

「沒辦法，那就回去吧。萬一你留級，鬥輸你的那些人一定會拿我當笑柄。」

「多謝妳的寬容。」

我們在更衣室前分手，我望著那個過門而去的渾圓臀部看呆了。

我嘆了一口氣，走進淋浴間。

是我不好，太優柔寡斷了。

要麻里姊，還是康子？當我用溫水淋浴時，身上的重要部位因歹念抬起了頭，於是我怒斥它。

等一下！不久，時機就成熟囉。

我頂著一頭濕髮，跨坐在NS400R上，等康子從更衣室出來。騎車來的時候也就罷了，回去時我可不想戴安全帽，迎面而來的風，就是最強勁的吹風機。不說別的，頭髮才洗過又戴上安全帽，在這種天氣會悶死。

果不其然，康子也沒把頭髮吹乾，推門走了出來。

「我們走小路，避開派出所。」

聽我這麼說，她笑了笑，從背後抱住我。小背心底下的豐滿肉體貼了上來，讓我忍不住想表演翹孤輪特技。

從游泳池到廣尾聖特雷沙公寓的後門，騎車不到十分鐘。由於我們都沒戴安全帽，所以我稍微繞了一點路，避開警察。

即使如此，五點四十分便回到了公寓。離麻里姊上課的下午六點，還有一點時間。

「要不要喝點涼的再走？」

我撥弄乾透的髮絲問康子。從後門望進去，「麻呂宇」沒半個客人，大概是那些女大生常客都放暑假去了吧。

始終沉默的康子搖搖頭，拎住我的耳垂說：

「當心一點，要是你敢跟那個女大生亂來，我就用剃刀把你那個剃掉。」

聽到這句差點讓人失禁的威脅，我發抖地點點頭。

「很好，那我再打給你。走囉！」

康子恢復笑容，揮揮手。

她揹起布包，朝地鐵車站的方向走去。

（我向妳保證，康子！）

我在內心說：

（如果要亂來，我不會偏心的，我會好好對待妳們倆。）

反正，涼介老爸一定又出門賭博去了。

我決定在「麻呂宇」等麻里姊，所以繞到廣尾聖特雷沙公寓前。這時候，我才發現——

麻里姊就在裡面。她坐在吧檯最邊緣的位子，正在看一本厚厚的書，從後門看進來正好是死角。

我一想到康子剛才如果同意進來，「麻呂宇」會發生什麼狀況，我不禁打了一個冷顫。

現任大姊頭vs.前飆車女

冴木家附近可怕的美女太多了。

對，我忘了另一個。就在這一刻，媽媽桑圭子以不是滋味的眼神凝視著麻里姊。她是聖特雷沙的房東，也是阿隆我重要的食物供應商。

冴木家的百慕達三角洲，是以老爸為中心加上媽媽桑圭子與麻里姊，以及以我為中心加上麻里姊與康子，複雜而詭異地糾結在一起。

不過，要是老爸收起私家偵探這塊招牌，酷愛冷硬派推理的圭子，其熱度大概會大幅度減退。

「啊，阿隆，回來啦。」

聽到媽媽桑這麼說，麻里姊一邊托腮，一邊從書本中抬起視線。

今天，麻里姊穿著緊身T恤搭配黃色迷你裙，還有她最愛的綁帶式羅馬涼鞋，沒穿胸罩。

沒品的我一看到T恤上的激凸，立刻將康子的威脅拋諸腦後。

麻里姊與康子的身材誰比較好，實在難分軒輊。

年齡雖然沒得比，但媽媽桑圭子也十足冶豔。再怎麼說，她一天當中大部分的時間，都用在研究化妝與不符年齡的時髦穿著。

要是沒有廣尾的德古拉伯爵；也就是酒保星野先生，「麻呂宇」早就倒閉了吧。

媽媽桑圭子穿著白色麻料連身洋裝，大膽的低領，朝我揮手的手指指甲塗得五顏六色。看來，今夏流行在指甲上做文章。

「幹嘛？我家又沒鎖，進去等不就得了。」

「不是啦，涼介有客人。」

麻里姊闔上書本回答。

「那是什麼書？」

「刑法。」

「哇咧，那種不良大叔的客人，還不都是來討債的。」

「不是耶。」

麻里姊搖搖頭。

「難不成是難得上門的委託人？」

「不知道。不過檢察官來委託私家偵探，確實讓人難以置信。」

「檢察官？」

「對，錯不了。我在電視上看過那個人，是地檢特搜部的檢察官。」

麻里姊記得這麼清楚一點也不奇怪。她以前雖然混過飆車族，眼下可是堂堂國立大學法學院的學生。

「老爸……，終於被逮了嗎？」

「感覺不像耶。不過，我待在那裡還挺怪的，所以就出來了。」麻里姊說道。

吧檯內的媽媽桑圭子一邊晾乾指甲油，一邊專心聆聽。

「地檢特搜部，究竟是……」

「舉發貪瀆或巨額企業犯罪的菁英單位。」

「那就不可能來抓老爸。會抓老爸的，頂多是管區的小警員。」

我向麻里姊要了一根涼菸，點著後這麼說道。此話一出，就聽到有人回嗆：

「我聽到了，你這個不肖子！看扁老子，你會後悔的。」

老爸從後門走進來，後面還跟著一名年近四十、闊額、看起來很聰明的深色西裝大叔。

「涼介！」

圭子和麻里姊同時站起來。老爸回頭對西裝男子說：

「森脇先生，關於這件事，我準備派這名不良少年去處理。就像你看到的，他是個小鬼，不過身手還挺靈活的。」

「沒問題！島津先生也表示冴木先生值得信賴，可安心託付。」

嘴上是這麼說，那個檢察官還是目光銳利地看了我一眼。

「令郎看起來似乎很活潑。」

「是個不成材的小鬼。不過，什麼人養什麼兒子。」

我同意，但心裡不太爽。

「那麼，萬事拜託了。」

檢察官行了一禮，推開「麻呂宇」的店門。他以銳利的眼神掃視了一圈，然後走了出去。

「工作？」

老爸對我的問題點點頭。

「是你求之不得的工作——看守輕井澤的別墅，附三餐。」

我吹了一聲口哨。

「有陷阱？」

「你先交作業，等麻里看完再跟你說。」

老爸說完，走向「麻呂宇」的門口，腳步挺輕快的。我突然想到……

「那老爸呢？」

「傍晚有家小鋼珠店重新開幕，我得去賺你的家教費。」

2

被麻里姊荼毒了兩個小時，老爸找我開會，麻里姊也留下來旁聽。

「你知道米澤產業案嗎？」

老爸問道。

「不知道。」

我搖搖頭。

「我想也是。麻里呢？」

「這個……，好像前陣子上過報？」

「對。一代致富的紡織商米清，也就是米澤清六，死後涉及迷你康采恩（註）貪瀆

註：德文Konzern的音譯，原意為多種企業集團。這是一種規模龐大且複雜的資本主義壟斷組織形式。

案。清六的長男——米澤產業社長紘一因涉嫌行賄被捕，執政黨也有兩名後座議員(註)被拖下水。米澤產業好像從上一代就長期接受政府的非法融資，而給他們方便的，就是被拖下水的議員。不過，他們是以什麼方式取得融資，那些資金又流向哪裡，檢方怎麼查都查不出來。可能是社長私吞了，現在也懷疑是流到層級更高的閣員手裡。照理說應該知道內情的米澤紘一卻推說不知情，其餘被扯出來的重要幹部，也紛紛表示那些錢的去向只有社長知道。」

「到底有多少錢？」

我問道。

「聽說有十億，也有人說是五十億。」

「以後就算出人頭地，我也不要繳稅。」

「現在最急的，就是抓了米澤和那些後座議員的地檢處。而知道金錢流向的，可能只有清六的遺孀米澤梅，但她已經高齡八十二歲了，檢方硬要偵訊，可能會刺激到老太婆，搞不好一命嗚呼。不過，檢察官確信若要挖下去，一定會挖出大人物。」

「原來如此。」

「所以他們現在又擔心證人會被滅口。照這種情況來看，那些大人物可能會想盡辦法堵住米澤梅的嘴。不過，要是做得不夠漂亮，紘一也有可能因為害怕就招了。」

「對檢察官來說，那樣也沒差吧？」

「那可不行。眼睜睜看著重要證人被殺，檢方將會顏面掃地。不能抓老太婆，又不能讓她被殺，所以陷入兩難。」

「然後呢……」

「檢調單位想派人保護老太婆，但老太婆說什麼都不肯。聽說她非常討厭警察。再說，她也不想欠警方這份人情吧。」

「所以就交給冴木偵探事務所？」

「苦思不得良策，剛才那位森脇檢察官就去找國家公權力商量，問說有沒有看起來不像保鑣，老太婆也肯接納的人選。」

「所以才會提到副室長島津先生啊。」

「對啊！島津有很多那方面的專家，不過再怎麼說都屬於國家組織，與政治家有瓜葛的工作他們不方便接。所以，那傢伙就推薦我。」

「可是，還不知道老太婆會不會喜歡我們啊！」

註：在政黨中，不居領導地位、於下院坐在後座的一般議員。

「所以才要帶你一起去。米澤清六有兩個兒子，老大紘一被捕，老二叫朋二，他們都沒有兒子，紘一只有一個女兒，朋二還沒結婚，老太婆好像急著抱孫子。」

「這一招太下流！」我叫道。

「這是為了揭發大奸大惡。」

老爸聳聳肩。麻里姊也露出無法接受的表情。

「這麼說，特搜部是要涼介去當間諜囉？」

「不是，這我一口回絕了。」

老爸搖搖頭。

「我和隆要做的，就是保護米澤梅和她兒子朋二。萬一有人來要索討他們的性命，就依線索倒查回去，找出幕後唆使者，並不是當間諜。」

「那看守別墅呢？」我問道。

「每年的七月中旬起，米澤梅和朋二會到輕井澤的別墅度假，保鑣也得隨行。」

「我也想去！」麻里姊說道。

「不太好吧。人太多，搞不好老太婆會不高興。」

「那棟別墅有人負責煮飯嗎？」

「沒有，聽說平常只有他們母子倆。」

「那就需要我啦！還是涼介和阿隆要自己做飯？」

我和老爸對望。我們完全不信任彼此在這方面的才能。

「真拿妳沒辦法。」

老爸嘆了一口氣。

「要是老太婆把我們轟出來，檢察官也不能抱怨吧。」

「對了，費用誰付？米澤家？還是檢察廳？」我問道。

「老太婆看我們順眼就會付錢。不過，聽說她這個人很古怪。」

「什麼時候出發？」麻里姊問道。

「老太婆他們已經在輕井澤了，現在暫時由刑警充當貼身護衛，老太婆三不五時叫他們滾，所以越早越好吧，明天怎麼樣？」

「不得了！我得趕緊回家準備。」

「我送妳。」我擋住了老爸。「不然會來不及準備。我送麻里姊。」

我不顧老爸投以凶狠的視線，朝麻里姊伸出了手。

第二天早上十點，我們從聖特雷沙公寓出發。老爸和麻里姊開著休旅車，我騎著NS400R。這一路上讓他們獨處雖然教人擔心，但那裡說不定會需要我的機動力。

東京都閃現著炙熱的陽光，大樓和馬路彷彿隨時都會融化，我遙遙領先休旅車，穿越都心到練馬，開車就得花一個小時。

我在練馬交流道上了關越公路。關越這地方，不小心超速就會被抓，一定是設有測速雷達裝置。

阿隆我在確定安全之前，決定當個模範騎士。過了花園交流道之後再加速，超越慢吞吞的四輪，一口氣衝到前橋交流道。

在高崎交流道下高速公路再穿越高崎市相當耗時，不如一路騎到前橋，繞過高崎市，這是涼介老爸教我的。

從國道十八號西行，過了安中，來到碓冰頂。碓冰外環道對騎士來說，是最有趣的連續彎道。

我與車身合而為一，左右大幅度傾斜，征服了九彎十八拐的上下坡。半路上有輛黑色保時捷來尬車，我輕鬆閃過。

下了碓冰頂就是輕井澤了。

我和老爸他們約好下午一點在輕井澤車站會合。我提早一個多小時抵達。

我把車停在舊輕井澤的輕井澤銀座之外，決定到市區逛逛。

小小的商店街熱鬧非凡，簡直就是東京的步行者天國的翻版，勉強容納兩輛車會車的馬路上擠滿了人。

就算天氣再涼爽，光是看到那些人潮就很無力，附近還有一些開著土氣車款的老兄忙著把妹。

即使想喝點涼飲解解渴，那些洋名餐廳、露天咖啡座也都擠滿了人。

我到酒行買了淡啤酒，在路邊坐下來，點了一根菸。

市區就像舉辦一場盛會，每個人都顯得興致高昂。年輕人不用說了，連老大不小的大叔大嬸也穿著高爾夫球裝、網球裝，一臉興奮地到處晃，模樣滑稽可笑。

我在輕井澤銀座待了約三十分鐘，回到停車的地方。騎著五〇西西輕型機車的姊姊們在路上恣意奔馳，對於有良心的騎士來說，這裡不是騎車的好地方。

我盡可能避免發出太大的噪音（越是鄉下的騎士，越喜歡在人多的地方大鳴排氣管），騎過別墅區。

那棟別墅位於茂密的森林與生苔的土地上，確實有沉靜的味道。有些別墅則擠滿了開車前來的年輕人，不知道那些人打算做什麼。

總之，安靜是很安靜，但感覺不搭調的年輕人太多，我八成也是其中之一。

在輕井澤銀座深處，當我緩緩地騎過沿上坡而建的舊輕井澤別墅區時，突然有人對我按喇叭。

回頭一看，是我在碓冰外環道遙遙領先的那輛保時捷。車窗貼著深色隔熱紙，看不見裡面，但車頭緊貼著我的車尾。

我靠邊停車。對方想嗆聲嗎？那我理當奉陪。

我把全罩式安全帽拿下，保時捷也在坡路上停了下來。

車門一開，一雙姣好的美腿伸了出來。

我愣住了。以對方在碓冰外環道的駕駛技術，我還以為是個男人。

然而下車的，是一個穿著黑色麻質連身洋裝，身材超棒的大姊姊。

年約二十八、九歲吧。一頭略長的黑髮、黑洋裝、黑皮帶、黑絲襪與黑色高跟鞋，連車子都是黑的，還戴著一副黑色太陽眼鏡哩。

女子拿下太陽眼鏡，撥了一下頭髮。一雙化著俐落眼妝的丹鳳眼顯得相當性感，是個冰山美人。

塗著珍珠粉紅色唇彩的嘴唇，露出了嘲諷的笑容。

「哎呀，原來是個小弟弟呀。飆得那麼猛，我還以為是什麼樣的人呢……」

我聳聳肩。

「哎呀，原來是個歐巴桑呀。開得這麼嗆，我還以為是什麼樣的人呢……」

女人眼裡燃起怒火。

「虧你長得這麼可愛，講話真不中聽。」

「生氣會長皺紋哦。」

「取笑大人會受傷哦。」

「好怕好怕。」

「小孩子就要有小孩樣，你應該去迪士尼樂園玩。」

「妳肯陪我去嗎？」

女人笑了。

「你太嫩了。」

「我也擔心這個問題。」

「你會在輕井澤待上一陣子嗎？」

「大概吧。」

「是嗎？哪天到萬平飯店找我吧！我請你吃飯。」

「真是謝了。我叫隆，是某都立高中的壞學生。」

「我是真紀。你到飯店這麼說就行了。」

女人裝模作樣地說完，再度坐進保時捷。我笑容滿面地喊著：

「我會選禿驢不在的日子去的！」

女人氣得回嗆：

「哪來的禿驢?!我才不是那種女人！」

保時捷從我身邊以極速駛過。速度之快，風壓差點把機車吹倒。

遠離的車子彷彿被濃綠的葉影吸進去般，我聳聳肩。

這世上真是什麼人都有。

3

老爸的休旅車駛進輕井澤車站圓環時，比約定的下午一點晚了三十分鐘以上。

「你繞去哪裡啦，等得好累喔。」

對於我的抱怨，老爸悠哉以對。

「我可是為你著想，讓你有時間把妹呀。」

我看著麻里姊。

「麻里姊沒事吧？沒被這個不良大叔怎樣吧?!」

麻里姊笑著點點頭。

「沒事，涼介不是那種人。」

我故意嘆了一口氣。

「麻里姊當不了優秀的偵探。」

「為何？」

「因為妳沒有看清事實的眼光。」

「閉嘴。吃飽後就要去米澤家了。」

老爸這麼說道，我跨上機車。

「去哪裡？」

「你別管，跟來就是了。」

休旅車駛出車站的圓環左轉，沿著信越本線前行。

看樣子，是要朝中輕井澤方向走。對向車道往舊輕井澤方向目前正在塞車。

不久，休旅車朝星野溫泉的方向右轉，行駛了一陣子，在一家清幽的木造餐廳前面停下。比起舊輕井澤，這裡的人潮驟減，有一種閑靜的氣氛。

老爸下車，指指餐廳入口。

「這裡小歸小，菜色相當不錯喔。」

仔細一看，餐廳的建築很講究。

「很好啊，可是老爸付得起嗎？在輕井澤洗盤子一點也不好玩。」

「我怎麼會讓可愛的兒子做粗活呢！來，麻里，走吧！」

我半信半疑地跟著他們走進餐廳。

室內的冷氣開得很強。難怪，因為正面的壁爐架正燃著真正的柴火，幾個舉止優雅的五、六十歲老人，正在一旁的吧檯喝著雪莉酒或啤酒。

一進門，一名身穿黑色禮服、體格魁梧的大叔殷勤地迎接我們。

「歡迎光臨。」

他微微行了一禮，抬起頭時，驚聲說：

「涼哥！這不是涼哥嗎?!」

「近來可好？山形兄。」

看來是老爸的老友。

「多久不見啦！你一點都沒變……」

「哪有，窮困潦倒啊！」

「那麼，已經收手了？」

老爸點點頭。

「真是太好了。」

禮服大叔笑盈盈地點頭。

「山形兄，我剛從東京過來。可以讓我們吃頓飯嗎？」

「什麼話，這還用說嗎！那麼，這兩位是？」

大叔看著我和麻里姊。

「隆和麻里小姐。我兒子和他的家教。」

「兒子？」

大叔眼睛為之一亮。

「是啊，山形兄，我兒子。」

「是嗎……。這樣啊。敝姓山形，是這家餐廳的老闆，麻煩這邊請！地方不大，不過我相信端出來的肉料理不輸東京的大餐廳喔。」

大叔舉起右手輕輕一揮，一名白衣服務生立刻趕過來，把我們帶到裡面視野極佳的座位。

「沒想到老爸竟然認識高級餐廳的老闆，嚇我一跳。」

涼介老爸得意地笑了。山形先生隨即來到桌邊。

「涼哥，餐點由我安排好嗎？」

老爸看看我和麻里姊，我們紛紛點頭。

「我們很餓。那就麻煩你了！」

「沒問題！」

山形先生低聲吩咐恭候一旁的服務生。待服務生走開後，他徵求我們的同意，在旁邊的空位坐了下來。

「那麼，涼哥，來度假的？」

「不是跟你說過了嗎！我窮困潦倒，是來工作的。我現在是個沒前途的私家偵探。」

山形先生似乎很吃驚，看看我和麻里。

「這麼說，這兩位是……」

「算是助理吧。其實我來這裡，也是想借重山形兄。」

「儘管吩咐。我山形富雄雖然不幹金庫大盜了，對於輕井澤和這裡的居民可是瞭若指掌。」

山形先生挺起胸膛。

「金庫大盜？」

我和麻里姊異口同聲說道。山形先生笑了，點點頭。

「是啊，兩位。」

「他以前可是日本第一金庫大盜。」

老爸補充說明。

「難怪。」

我對老爸點點頭。既然對方以前也在道上混，那麼是老爸的老友就不足為奇了。

「對了，山形兄，我這次的工作是來保護米澤清六的遺孀。」

老爸說道。

「那個古怪的老太婆?!」

「對啊。委託者我不便透露，不過老太婆本人好像表示不需要保鑣。」

「也是。那個老太婆大概也殺不死吧。」

「好像有不少人想把老太婆藏在這裡，清除她對亡夫不法情事的記憶吧？」

老爸指指腦袋。

「是啊，兒子被抓了，一定有很多壞人擔心老太婆抖出真相，整晚都睡不著吧。」

「所以，我想知道有哪些人想幹掉老太婆。」

老爸說道。

「這個嘛，首先是政治家……」

山形先生扳著手指，開始列舉名單，其中甚至有我聽過的名字。

「這些不都是閣員級的官員嗎？」

山形先生一說完，麻里姊驚訝地說道。山形點點頭。

「沒錯！這些政治家分別在各方面受過米澤清六的關照。就連現任首相，年輕時應該也很倚賴他。」

「難怪島津先生不方便出手。」

我喃喃自語。

「還沒完。還有很多建商透過米澤清六承接政府的工程來拉抬業績，其中包括一些現在已經是一流企業的建商。這些建商付給米澤清六介紹費，透過米澤清六向政治家和官員行賄。萬一米澤梅把這些抖出來，以前的骯髒事就會全部洩底。當中有些時效大概過了，但頂著一流建設公司的招牌一定很難堪。」

「這些人到現在竟然還沒幹掉米澤梅，真是不可思議。」

老爸沉吟。

「這就證明了米澤梅對她老公生前的惡行瞭若指掌，搞不好還寫在日記裡。萬一滅口不成，反而激怒她公開真相，事情就大條了。」

「日記啊……」

上菜了。我們一開始用餐，山形先生便識相地離席了。

一開始是清湯，接著是蒜味沙拉，然後才是主菜沙朗牛排，約有十五盎司吧，肉質軟嫩無比，簡直是入口即化。

「我沒自信做飯給你們吃了。」

麻里姊幸福地嘆著氣說道。

「我第一次吃到這麼好吃的菜……」

三個人把牛肉一掃而空，餐盤一撤走，義式濃縮咖啡和雪酪隨後上桌。

「怎麼樣？小哥、小姐。」

山形先生出現了，眯起眼睛問道。

「太棒了！」

「太好了。對了，涼哥，我剛才去打聽過了。」

「有什麼消息嗎？」

「好像有人僱了殺手。有人看到一個綽號『黑貓』的職業殺手從國道十八號往這邊過來。」

「黑貓？」

「聽說很厲害。沒人看過他的長相，不過他總是開著一輛黑色保時捷。」

「啊——啊——」

我嘴裡的東西差點沒吐出來。

「隆，怎麼了?」

「黑色保時捷?」

「是啊，小哥。」

「那個殺手該不會是女的吧?!」

「這我就不清楚了，因為沒人看過本人。見過的，只有『黑貓』的獵殺目標。」

「我見過了，那個開黑色保時捷的女人!」

我把真紀的事說了出來。老爸和山形先生聽了，彼此對望一眼。

「很難判斷……」

「搞不好是。如果真的是她，我們就得加快腳步了，到米澤家去吧。」

我們站起來。老爸想付帳，山形先生堅持不收。

最後，老爸簡直就是被推出門外，我們一一道謝後，各自坐上機車和休旅車。

「米澤家在山腰上，從這裡朝舊輕井澤方向往回走一段。我先走，你跟好，別跟丟了。」

老爸搖下車窗大叫，發動休旅車。

他手邊大概有地圖吧。一路上盡是上坡下坡的山路，還經過零星的別墅區。

連續九彎十八拐的陡坡，路面幾乎沒鋪柏油，路邊也沒有裝設反射鏡。

簡單地說，這裡就是鄉下。

路況異常顛簸，對重型機車來說實在寸步難行，我騎的可不是越野車。

好幾次差點摔車，最後終於抵達了米澤家的別墅。

那是一幢占地寬廣的別墅，位於斜坡別墅區的最頂端。歐式雙層樓木造建築，銳角形屋頂，一樓的面積相當大。鬱鬱蒼蒼的綠林樹影籠罩著整棟建築物，地面上布滿青苔，充滿了沁涼寧靜的氣氛。

院子裡停著一輛掛有長野車牌的車。

外圍有一圈白色柵欄，捕蚊燈在大白天散發出幽微的青光，勉強算是大門的柵欄缺口，圍繞著好幾圈鐵鍊。

老爸把車停妥，一下車，麻里姊也跟著下來。

「這裡的氣氛好可怕。」

麻里姊交抱著雙臂，好像很冷似地低聲說道。不知從哪裡傳來一陣刺耳的鳥叫聲。

「好像會鬧鬼。」

我說完，摘下安全帽，尋找門鈴。看樣子，這裡好像沒裝這種東西。

老爸按著車上的喇叭，連續按了好幾次，二樓的窗戶開了。

「我們是東京冴木偵探事務所的人。」

探頭出來的，是個年約五十、死氣沉沉的中年男子。不知道他聽懂了沒，玻璃窗又關上了。

不久，玄關大門開了。一個身穿polo衫、年約四十歲的壯漢走了出來。那張臉一看就是刑警。

「你好你好，辛苦了。」

刑警打開鐵鍊上的鎖，低頭行了一禮。

「我是長野縣縣警松田。不好意思，要你們大老遠跑一趟……」

對於私家偵探的介入，他絲毫沒有怒意，不如說那表情像是總算能交棒，打從心底鬆了一口氣。

松田帶我們到一樓的大廳。

另一個比松田年輕一輪的刑警在那裡等候。

「米澤夫人馬上下來。」

自稱木浦的年輕刑警說道。或許他也想早點離開別墅吧，一臉按捺不住的興奮表情環視四周，視線只在麻里姊那高聳的胸部停留。

大廳右後方有一座螺旋梯，扶手上裝了輪椅用的升降梯。

一陣機器運作聲傳來，我們抬頭往樓梯上方看去，連接二樓的部分是打通的，天花板掛著一具大型的水晶吊燈，由於沒開燈，室內相當昏暗。

一個坐在輪椅上的老太婆沿著扶手滑下來。由於光線不足，看起來簡直像是飄浮在半空中。

輪椅一落地，老太婆便站起來，碎步走了過來。她穿著長及腳踝的白色連身洋裝，頭髮挽成一個緊實的髮髻。

長相精明幹練，看不出有八十歲，眼神異常銳利。

老太婆走到涼介老爸面前，雙手背在身後，仰脖瞪視老爸的臉。

老爸似乎很尷尬，一臉老實地俯視著老太婆。這麼一來，老太婆便不屑地轉臉看向我。

她對我投以不客氣的視線。

「您好。」

阿隆我露出百萬級的笑容，無效。

接著，老太婆走近麻里姊。瘦骨嶙峋、像衣架的老太婆和麻里姊，就算一個是「使用前」，另一個是「使用後」，也差太多了。

老太婆凝視著麻里姊一陣子，突然舉起右手。我以為她想幹嘛，沒想到她竟然伸出食指往麻里姊的胸部一戳。

麻里姊頓時杏眼圓睜。同樣的舉動換作是我，臉上一定會多出一個清晰的手印。

「奶子長得好。」

老太婆張開缺牙的金口，面無表情地說道。

一轉身，盯著我們。

「看起來不太可靠。不過，我受夠了那些骯髒的公差。好吧，准你們待在屋裡。但是，不准踏進我和朋二的房間。另外，這裡不管三餐，你們自己看著辦。還有，小鬼！」

老太婆指著我。

「你看起來沒什麼用。我命令你明天到院子裡除草，要是不服氣，馬上滾！」

她一講完，就坐回輪椅上，下巴一縮，炯炯有神地操作手邊的按鈕，輪椅再度緩緩爬升。

老太婆從視野中消失後，過了一會兒，二樓傳來碰的一聲關門聲。

「誰說男孩子可以討她歡心的？」

我擺出臭臉瞪著老爸。

「我趕來這裡可不是為了除草。」

「唉，別這麼氣嘛。這老太婆比傳聞中更厲害。」

老爸賊兮兮地笑著搖搖頭。

「嚇我一跳。」麻里姊低頭看著自己的胸部說道。

松田默默地看在眼裡，上前一步說：

「她是個很古怪的老太婆……」

「這房子的格局是什麼樣子？」

老爸重振精神後問道，木浦連忙把記事本翻出來。

「呃，首先是門口，只有玄關這個地方。房子後面是懸崖，無法出入。一樓包括這裡有五個房間，另外還有廚房、浴室和廁所。五個房間分別是餐廳、遊戲室、兩間客房和這裡。二樓有朋二的書房和老太婆的寢室，再加上書庫，總共三個房間，另有浴室和廁所。平常兩人幾乎都在二樓活動，只有吃飯時會下樓，但幾乎不與我們打照面，也不外出。食物都是靠有交情的店家外送。」

「原來如此。電話呢？」

「二樓的朋二房間好像有電話，不過我們沒看過。這裡和遊戲室也有。」

「你們還注意到什麼嗎？」

木浦和松田對看一眼，好像有話要說。

「有嗎？」

「其實不太清楚，不過……」

松田吞吞吐吐地說道。

「屋裡除了他們兩個，好像還有其他人。」

「你的意思是……」

「我們沒有親眼看過，有時候半夜會聽到一些聲響，像是遊戲室傳出打撞球的聲音，走過去一看也沒人……」

「經常聽到腳步聲。」木浦補充說道。

「問過老太婆嗎？」

「問過，她說是過世的清六不放心，所以跑出來了。」

「討厭，這裡鬧鬼喔？」麻里姊不舒服地說道。

「不知道。反正，這棟房子讓人覺得很疲倦。除此之外，並沒有發生什麼可疑的事……」

刑警可能不想嚇跑我們，怕我們拒絕交接，正準備結束談話。

「總之，接下來就麻煩你們了。要是有什麼事，只要聯絡縣警，我們馬上就趕來……」

他們逃也似地走出別墅，迅速上車。總覺得他們在這裡一定待得很不愉快。

目送刑警的座車下坡離去後，我們面面相覷。

4

麻里姊開車出去買食材，我和老爸就在別墅一樓四處察看。

房間的配置一如刑警所說的，進門後大廳的右邊是餐廳，左邊是遊戲室，右後方是廚房和衛浴間，左後方有兩間雙人客房。

遊戲室裡有撞球台、老舊的電視機、音響和吧檯。

通往二樓的樓梯間掛著一幅應該有一百號的巨大肖像畫，那個一臉奸相的老頭子大概就是米澤清六了。

蓄鬍、陰險的小眼，一副很了不起的模樣，讓我想起歷史課教過的《女工哀史》（註）。

二樓靜悄悄的，沒有半點聲音。

我們抵達時，在窗口露臉的應該是朋二，五十幾歲還不結婚，和八十二歲的老母親

註：一九二五年，細井和喜藏所著之紀實文學，記錄了當時女工在紡織廠工作的辛酸史。

住在一起，光想就讓人不舒服。

他要是早點認識涼介老爸，反正自己又不缺錢，一定能盡情體驗人生的種種樂趣。只是，跟那個老爸混，對他來說可能太刺激了。

我和老爸晃了一圈以後，在遊戲室落腳。

比起擺著軟綿綿沙發和古董檯燈的大客廳，待在遊樂器材眾多的遊戲室比較安心。從這一點來看，我們是父子，個性倒是像得令人悲哀。

老爸就著球鞋抬起雙腳，擱在撞球桌上，身體埋進小小的扶手椅裡。

我坐在老爸腳邊，把玩著撞球。

「要不要我去萬平飯店巴結那個『大姊姊』？」

「別急。」老爸說著，搔抓著下巴。

「如果你遇到的那個女人是『黑貓』，對方很快就會接近這棟房子。」

「挺辣的哦！」

「比麻里還辣？」

真是不要臉。

「不同類型，是熟女型的，不過有點凶。」

「就算對睡過的男人也毫不留情？」

我點點頭。

「真想見見她。」

不知老爸是不是神經有毛病，他還說得很高興。

「剛才山形先生提到的日記，你覺得呢？」

「有可能。」

老爸從夏威夷衫口袋裡掏出寶馬菸，叼了一根。洋菸配夏威夷花襯衫，像極了剛從夏威夷回來的皮條客。

「老太婆能活到現在，可能要感謝那本日記。」

「就像上次那個大勒索專家？」

康子的老爸是百年難得一見的勒索專家，之前還引發一場遺產爭奪戰，「冴木偵探事務所」後來接下這個case，我和康子就是那時候認識的。

「這跟那時候的情況不一樣，沒有人想趁機大撈一筆，登場人物都不想出現死人。」

「說到死人……」

老爸這些無意義的廢話讓我想起來了。

「這裡真的有鬼嗎？」

「季節和舞台都對了，卻請錯人飾演偵探，應該帶星野先生過來才對吧！」

老爸說完，忍住一個呵欠。

「反正，枯等實在難熬。」

聽我這麼說，老爸睜開一隻半閉的眼說：

「你明天不是有重要工作嗎？米澤夫人欽點的，除草。」

麻里姊回來了，我幫忙準備晚餐。

她的刀工不怎麼樣，不過，就這幾年的女大生來說，她對烹飪的熱情不是蓋的。

「因為中午吃得比較油膩嘛！」

晚餐是清爽的燙青菜、雞肉沙拉及涼拌豆腐。

麻里姊試探性地把菜端上二樓，老太婆把門打開了一條細縫，說：

「沒叫你們做就別多事。」

說完就碰的一聲把門關上。

朋二不知是睡是醒、是死是活，連個回應也沒有。

即使如此，我們還是配了啤酒，把晚餐吃完。

麻里姊洗碗時，老爸呵欠連連地說：

「白天開車有點累。隆，你去寫暑假作業吧。我先睡了，十二點再叫我。」

說完就迅速躲進前面的客房。於是，後面那間客房自然留給了麻里姊。

麻里姊在大客廳寫報告，我在遊戲室看職棒轉播。這種日子要是繼續下去，腦袋不發霉才怪。

看著看著，我忍不住打起瞌睡。有人搖我的肩膀，一醒來，麻里姊站在我身旁。

「阿隆，我也要去洗澡睡覺了。」

「現在幾點？」

「十點半。」

「二樓的呢？」

「剛才老太婆下來一趟，端了兩人份的餐點上去，就沒再下樓了。」

麻里姊聳聳肩。

「這樣啊！有沒有看到朋二？」

「還沒。」

「好，去休息吧。」

「你不能睡著喔，會感冒的。」

這話真令人高興。於是，我試探性地問：

「來個睡前之吻……」

鼻頭頓時被她的食指彈了一下。

被麻里姊的彈指神功彈醒之後，我重新坐好。節目很難看，我把電視關了，寂靜從四面八方席捲而來。

東京的夜生活，晚上十點半才開始，這裡感覺卻像半夜，氣溫也下降許多，我加了件連帽運動外套。

從椅子上起身，走到客廳。面向院子的窗外，除了捕蚊燈的青光，一片漆黑。

我豎耳聆聽，二樓沒有半點聲響。

這哪叫度假，根本是與世隔絕。

我拿了一根老爸放在餐廳的寶馬菸，點了火。

可能是麻里姊洗好澡了吧，我聽到客房的房門開關聲。

要不是老爸在，我肯定會大膽夜襲，既然在工作就沒辦法了。

青煙從紗窗飄散出去，聚集而來的大小蟲子亂飛。

如果那個真紀就是「黑貓」，她會採取什麼手段襲擊？

因為是女人，對方就掉以輕心——就算這個方法對刑警或涼介老爸管用，對那個梅老太婆可行不通。或者，她會抬起堅挺的胸部——儘管比不上麻里姊雄偉，讓老太婆戳嗎？

我正想到這裡，突然覺得頭好暈。啤酒的醉意早就退了，空氣應該隨著夜裡新鮮的寒氣不斷地從窗戶灌進來。

可是不知為何，我雙腿無力，連站都站不穩。

我甩甩頭、睜開眼睛，大吃一驚。

二樓樓梯間那幅畫裡的燕尾服老頭，竟然從畫中走了出來，沿著樓梯下樓。

混帳！我想叫卻發不出聲音。

老頭子看到我，那雙細長的眼睛突然睜開。我的膝蓋開始打顫。

他的眼睛沒有瞳孔，眼球鮮紅如血。

接著，樓梯像水中倒影般扭曲，連我站立的地板也變形了。

老頭子來到大客廳，一步步地走近我。

背景都扭曲變形了，只有紅眼老頭的身影異常清晰，真教人心頭發毛。

「別……別過來。」

我好像說了這幾個字，卻連嘴巴到底動了沒都不知道。

老頭子越來越靠近。好可怕的眼睛，接著，他張開嘴巴。嘴裡也一樣——牙齒、舌頭、牙齦，全都像血一樣鮮紅。

留著超長指甲的手指朝我脖子伸過來，纏了上來。

「老爸、麻里姊……」

我想舉手揮開，但動彈不得。他掐住我，那血盆大口朝我的臉逼近。

接著，我昏過去了。

5

「隆！振作點，起來！」

有人打我的臉頰，我睜開眼睛。

「老爸！」

「噓！別那麼大聲，你會把所有人吵醒。」

我抓住蹲在一旁的老爸的手，頭痛欲裂。

「那老頭呢？」

「老頭？」

「老頭從畫裡跑出來，眼睛和嘴巴都是鮮紅色的。」

「你睡昏頭啦！」

「是真的！他從樓梯間那幅畫跑出來，要害我。」

我撐起上半身。客廳裡沒有異狀，那幅畫也和當初一模一樣。

「現在幾點？」

「快兩點了。」

「我昏了三個小時以上啊！」

我咬咬嘴唇。

「發生了什麼事？」

「我也不知道，只是……」

我把情況告訴老爸。果然，他搖搖頭低聲說：

「很難相信。」

「我去樓上看看有沒有異狀。你要不要去洗把臉還是睡一下?!」

老爸朝樓梯走去。我撐著膝蓋站起來，還站不太穩。

究竟是怎麼回事？我揉揉眼睛，抬頭看著那幅與老爸背影重疊的畫。

那是一幅普通的畫。

我低頭看著剛才昏倒的地方，是窗邊最通風的位置。就算是中毒，又沒有開暖爐或燒炭。

食物中毒嗎？

可是仔細想想，老爸和麻里姊也吃了同樣的東西。

於是我想到，昏倒之前，我應該正在抽老爸的寶馬菸，一定會留下什麼燒焦的痕跡。

我在老舊的厚重地毯上尋找。

找不到燒焦的痕跡，連菸灰都沒有。

「喂！」

我朝老爸的聲音看過去，他一臉嚴肅地站在二樓樓梯間。

他把頭一偏，叫我過去。

我上了樓。

到了二樓，左邊是書庫和朋二的書房，右邊是米澤梅的臥室。老爸站在左邊房間的門前。

我走過來，老爸一語不發地朝房門踢了一腳，門沒關，輕輕往裡面開了。

裡面擺著巨大的書桌、電腦、傳真機等等機器，有個男人趴在桌上。

老爸走過去，用手背觸碰對方的脖頸部位。

「死了嗎？」

我好渴，連聲音都啞了。

老爸點點頭，看了我一眼。

「這樣子沒人還活得了吧！」

我走進房間，小心翼翼避免碰到旁邊的物品。地板上堆滿了傳真機吐出來的文件紙張，沒有落腳處。

男人雙眼微睜，臉頰貼在桌面上，身上穿著毛巾料襯衫和灰色長褲，赤腳穿著皮拖鞋，胸口處深深地插著一把銅製拆信刀。

「隆，該不會是你幹的吧?!」

老爸以嚇人的聲音問道。

「唉——」

老爸躺靠在遊戲室的椅子上，大大地嘆了一口氣。我們剛才把整間屋子搜過一遍，別說紅眼老頭了，連隻老鼠都沒找到。

「天亮就有得瞧了。天亮以後，老太婆起床遲早會發現屍體。這麼一來，你我就是嫌疑犯了。」

老爸說道。

「開什麼玩笑！有哪個偵探當保鑣還殺人的？」

「不是殺人犯，就是史上最無能的保鑣。」

老爸正在找菸。

「在餐廳的桌上。」

老爸點著了菸，我一直盯著他。

「菸有沒有怪味？」

「沒啊，怎麼這麼問？」

我說剛才在窗邊抽菸，不久便開始覺得身體有異狀，然後我提到找不到菸蒂時，老爸的眼神突然銳利了起來。

「外面，隆，過來。」

老爸起身往玄關走。我們走出去，老爸先到車上拿了手電筒。

「你站在哪一扇紗窗旁？」

我指指客廳的窗戶。老爸慎重地照亮吸飽夜露的濕軟地面，走了過去。

他蹲下來看了一下四周，隨即咂舌站了起來。

「隆，你馬上去萬平飯店一趟，看那個開保時捷的女人還在不在，找車子應該就知道了。」

「老爸呢？」

「我再調查一下就聯絡警察，現在還不能讓老太婆發現。」

「要是那女人還在呢？」

「你什麼都別做，默默回來就好。」

「知道了。」

「不要在這裡發動引擎，推到遠一點的地方去。」

「了解。」

我握緊NS400R的把手，把車子推到門口，打開鐵鍊上的鎖。走到別墅外，在漆黑冰冷的夜裡往前走了好幾公尺。烏雲密布，沒有一絲月光。

我把NS400R推到離別墅較遠的地方，發動引擎。

不知老爸從香菸一事想到了什麼，不過，在朋二胸口插進那把拆信刀的兇手，肯定不是我看到的那個老頭鬼魂。

鬼魂殺人，用那種手法不太高明。

我一邊騎著NS400R在漆黑的山路上奔馳，一邊絞盡腦汁思考。這麼一來，是誰殺了朋二？

若要殺人滅口，應該殺梅老太婆，而不是朋二。再加上那間書房裡塞滿了電腦和堆積如山的文件，已經完全超越電腦迷的程度了。

不知騎到第幾個彎道，我發現黑暗中有車燈正往上而來，低檔的引擎聲，努力爬上崎嶇的山路。

這個時間造訪別墅，不太合理。

我關掉車燈。光線在彎道盡頭很容易被發現，這時候先藏身才是上策。

我把機車拖進下坡的一條岔路，躲在濃密的樹叢裡。

引擎聲緩緩靠近。如果是警車，可憐的阿隆同學就要以殺人罪嫌被捕了。如果是警察，也未免來得太快了。

上來的不是警車，是一輛深色轎車，在通往米澤別墅的路上小心翼翼地行駛。

如果車上的乘客打算拜訪米澤家，不得不說來訪的人實在很奇怪。

轎車從我身邊經過，朝米澤家唯一的山路前進，我正在考慮要不要折返。車上有兩個人影，看不清楚長相。

那輛車繼續往上爬，不久引擎聲停止了。

那裡離別墅還很遠。但遠歸遠，再過去除了米澤家的別墅就沒有其他建築物了。

這意味著什麼？

意味著訪客不希望別墅主人發現自己來訪。

意即，他們是不速之客。

我猶豫了一下，應該回別墅對付訪客嗎？

但是，書房裡的屍體也是一個問題。接下來可能會出現的屍體，和已經出現的屍體，對我來說，究竟哪一個比較嚴重？

答案很清楚。現在上山的人不太可能是殺害朋二的兇手，就算「兇手會返回現場」是推理的理論，動作也未免太快了。

於是，我把機車從樹叢裡推出來。無論如何，以確認保時捷姊姊在不在為優先。

接下來，我一直騎到山腳下，並未遇見任何人。我在不見人影的夜路上，朝舊輕井澤狂奔。

過了幾分鐘，我已抵達萬平飯店的停車場了。我停好車，摘下安全帽，在車陣中尋找那輛黑色保時捷。

不知是地區還是季節的關係，賓士、BMW之類的高級進口車特別多，其中也有保時捷，但不是那位大姊的。

我啐了一聲，果然被她跑了嗎？

但是，萬一真的是那個大姊殺死朋二，還是有不合理的地方。老太婆呢？老爸已經確認過老太婆還活著。

「黑貓」的目標不是老太婆嗎？

我戴上安全帽，離開萬平飯店的停車場，往米澤家的山路回去。

騎到別墅區的山腳下時，我先停下來，豎耳傾聽。

沒聽到上空傳來聲響或叫聲。總之，先回到別墅附近，再觀察情況。

我發動NS400R的引擎，開始爬坡。

一開始是直線坡道，接下來就遇到岔路，然後是一連串彎道。

轉過第一個彎道的一瞬間，前方突然出現一輛黑車。

那輛車沒開頭燈，嚇得我心臟差點從嘴裡跳出來。

我緊急煞車，NS400R差一寸就撞上來車。

這輛車一定是躲在彎道埋伏，阻撓人車通過。

當我稍稍回神時，才發現那輛車是黑色保時捷。

靠近我這邊的駕駛座車窗緩緩搖下。

「嗨，又見面了。」

自稱真紀的那位大姊姊朝我微微一笑，戴著皮手套的右手還握著一把裝了滅音器的手槍。

「小弟弟，把安全帽摘下來。」

逃不掉了。我跨座在機車上，脫掉安全帽。

真紀打開保時捷的車燈。

「把機車的引擎和燈關掉。」

阿隆同學百依百順。

「這下可好了。」

真紀握槍的那隻手靠在方向盤上，擺出輕鬆的姿勢，槍口朝著我。

「你叫什麼名字來著？」

「隆，冴木隆。」

「OK，阿隆。你剛才在幹嘛？」

「在回答這話之前……」我說，「妳什麼時候在這裡的？」

「我才剛到。」

「那麼，上去的那輛車跟妳是一夥的？」

真紀皺眉。

「想唬我?!」

「NO、NO。我下來沒多久，就看到一輛車上山，不過我躲起來了。」

真紀瞇起眼。

「如果你說的是真的，那就是我的競爭對手了。」

「搶老太婆的日記？」

「知道得可真多，你是什麼人？」

「微不足道的打工偵探。」

「人家請你來當米澤老太婆的保鑣？」

「對。」

「哦——，那，半夜到處亂跑的原因呢？」

「妳不知道？老太婆的二兒子被捅了一刀。」

真紀的表情變得嚴肅。

「那，是活著，還是死了？」

「人都涼了。」

「誰下的手？」

「根據傳聞，是一個綽號『黑貓』的殺手。」

那一瞬間，我還以為真紀會扣扳機。

她咬著唇，做了一個深呼吸，握槍的右手放鬆了。

「你的腦筋太好了，不小心一點會短命的。」

「如果不是『黑貓』下的手，那會是誰？」

「我也想知道。」

「想知道日記的去向？」

「阿隆，這世界是很殘酷的。事情做不好的人，就得付出代價，我可不想付……」

「那妳最好快一點。搶先一步的人可能已經拿到日記了。」

「別急。就算他們拿到了，也會走這條路回來。到時候我再接手就好啦。」

真紀露出了一個令人打寒顫的冷笑。

「倒是你老實告訴我，是誰殺了朋二？」

「我不知道，那是我輪班打瞌睡時發生的。」

「真是個靠不住的保鑣。」

這句話真是說到我的痛處。

「現在屋裡還有誰？」

「我爸和米澤老太婆，還有剛才上去的人。」

「幾個？」

「兩個，我想。不過因為很暗，我不確定。」

我決定不提麻里姊。這可能是一張王牌。

「是嗎……」

真紀露出思考的眼神。不難想像，只要她有那個意思，絕對會毫不猶豫地賞我一顆子彈。

「要殺你很簡單……」

「但情況會變得很複雜。」

「我不喜歡麻煩。好吧，你會開車嗎？」

我點點頭。只要不必吃子彈，叫我開戰車都沒問題。

「那，你來開車。別搞怪，我可不想殺小孩。」

「不敢不敢。」

我依照真紀的指示，把機車藏在樹叢，坐進保時捷的駕駛座，握住方向盤。真紀移到副駕駛座，拿著槍。

我決定不去想趁隙逃脫這碼子事。既然朋二不是她殺的，在這邊亂來也沒有用。不說別的，真紀怎麼看都是職業級的，赤手空拳對付一個拿槍的職業殺手，我還沒這麼厭世。

「大姊在這裡做什麼？」

我轉動方向盤，等車子開始爬坡時發問。

「來看看情況，因為我剛到。『黑貓』的事你是從哪裡聽來的？」

「非說不可？」

冰冷的槍口觸碰我的臉頰，輕輕滑過。

「要我轟掉一隻耳朵嗎？沒問題。」

「是以前在道上混的，我老爸的老朋友。」

「在這裡，還是東京？」

我不能給山形先生添麻煩。

「從東京打電話來的。」

「好。待會兒我也跟你爸確認一下，要是你說謊，那就當心了。」

我開始發汗。

「在這裡停車。」

我一開過那輛轎車，真紀就喊停車。

「把車燈和引擎關掉。別想亂來，我視力不錯，再暗也不會失手。」

真紀穿著黑色緊身褲和黑色上衣。看樣子，她喜歡黑色的原因有部分是基於職業上的需求。

「手舉起來，你先走。別發出聲音，也不准回頭，只要有一點沒做到，就讓你死。」

「了解。」

我也想早點知道別墅裡的狀況。如果米澤朋二不是她殺的，那會是誰？

看樣子，無論結果怎麼樣，天亮之前就會了結。

我把雙手舉到肩膀的高度，走上坡道。

6

我們回到剛才經過的那輛車停放位置。

「停。」

我聽到一聲低語，一道細微的光線隨著喀嚓聲亮起，感覺像是在查看車牌。

「哪裡的車牌？」

我的問題沒有得到回答，我慢慢轉過頭去。

真紀蹲在車牌那裡，剛才的燈光飛快地往我這邊照過來。

「叫你不要回頭的。」

我連忙回頭。那是練馬的車牌，我聽見真紀站起來，嘆了一口氣。

「看樣子就像你說的，被對手搶先了。」

兩組殺手和一具屍體。如果哪邊願意接手，阿隆我的立場就輕鬆多了。

「小心往前走。要是被發現，不管是誰，我都會對你開槍。」

我閉嘴，爬坡。

總算看到別墅了。一樓的燈還亮著，但窗簾是放下來的。看來第一組客人成功入侵了。

門柱上的鎖還維持著我打開時的狀況。

真紀從後面抓住我的肩膀，有個硬硬的東西抵住我的後腦杓。

「房子裡面是什麼樣子？」她低聲問我。

「只有這個入口。」我悄聲回答。

「是嗎？那你壓低身體往前走，別發出聲音。」

我和真紀爬過潮濕的青苔，朝大客廳的窗戶前進。那裡的窗簾雖然放下了，但由於是紗窗，裡面的說話聲傳了出來。

「這老太婆真倔強。如果不把日記交出來，休想活命！」

我們聽到的是陳腔濫調的威脅。

我雙手著地，趴在地面上，從窗簾下襬空隙探看室內的狀況。

米澤梅老太婆被迫坐在大客廳中央的一張椅子上，兩個沒什麼特色的黑道兄弟正在威脅她。

一頭短髮、粗大的脖頸、肥肚腩，屬於黑道隨處可見的量產類型。

成套的白色長褲和網眼夾克，連漆皮皮鞋都是白的。

客廳裡只有這三個人，沒看到老爸和麻里姊的影子。

老爸大概是發現苗頭不對就先溜了。

真紀拉拉我的領子。我們退到從屋裡聽不見我們交談的位置。

「怎麼樣？」

「我爸不見了，老太婆好像在裝死，兩個流氓正在對付她。」

我話還沒說完——

「修理妳哦！老太婆！」

低沉的吼叫聲從客廳響起。

「真沒品，欺負老人家。」

我聳聳肩。

坐在椅子上的老太婆穿著睡衣，閉著眼睛，一副任人宰割的模樣。那兩個大哥不知道有沒有發現二樓的屍體，正在專心對付老太婆。

真紀搖搖頭。

「那兩個流氓只會那樣吆喝，想讓老太婆開口是不可能的，倒是……」

真紀伸出左手抓住我的下巴。

「你爸跑去哪裡了？」

「不知道。大概落跑了吧？他很討厭流氓。」

「現在不是開玩笑的時候，會落跑的人當得了保鑣？」

「不然，可能被打昏了。」

「要是那樣，你倒是一點都不擔心嘛。」

真紀說完，咬著嘴唇，皺起眉頭。

「好吧，先收拾他們再說。你是誘餌。」

這下子慘了。真紀指指玄關，命令我去引起流氓的注意。

「他們會開槍的。」

「那又怎樣？要我現在打你也行。」

槍口壓著我的鼻頭。

無奈之餘，我朝玄關方向走去。真紀握著槍，靠近紗窗。

我大大地嘆了一口氣，敲門。那敲門聲響徹了整個院子。

裡面的人似乎吃了一驚，話聲停頓。

「誰！」

好大的嗓門。我豁出去了，大喊：

「是奶奶可愛的孫子！」

客廳窗戶的窗簾倏地被掀開。真紀迅速緊貼著牆。

「是個小鬼。」

窗邊的流氓一號啐出這句傷我自尊心的話。

真紀撇了撇頭，向我打暗號，大概是叫我再引起他們的注意。

「奶奶，我來除草了！」

我大叫。半夜三點，探出頭來的流氓一號睜大了眼。

「瘋子，大概是嗑藥……」

他回頭對同伴這麼說的那一瞬間，只聽「噗」的一聲悶響，他翻個筋斗向後倒下。

是真紀隔窗開槍。下一秒鐘，真紀從黑暗中跳出來，又開了一槍。

二號看著倒地的同伴嚇傻了，踉蹌了幾步，左肩的血漬轉眼間擴大。

「妳……」

話還沒說完就翻起白眼，右手還來不及從夾克裡抽出來，就倒在地上。

真紀緩緩地打開紗窗，梅老太婆仍然坐在椅子上，動也不動。

我也跟著進屋。此時，老太婆總算睜開眼睛。

「又來了新的亡命之徒嗎？」

老太婆挑釁般地說道。真紀迅速拿走中槍倒地的兩個流氓的槍。

那兩人都沒被打中要害，但如果放任不管，恐怕會失血過多而死。

老太婆看著真紀的行動，等真紀拿著手槍在她身旁站定，她又閉上眼睛。

「老太婆，我不想多說什麼威脅妳，把日記交出來吧！不然我就讓這個小鬼死在妳面前。」

這時候，我才明白真紀為何不馬上幹掉我的原因。原來是打算拿我要脅。

不過，她好像找錯人了。

「妳要殺就殺，這小鬼跟我一點關係也沒有。」

我就知道。

真紀用力咬著下唇。

「一個年輕人因妳而死，妳晚上不會睡不著嗎？」

「真是狗眼看人低。就算上了年紀，我還是米清的老婆，區區一、兩條人命就想嚇倒我？」

老太婆咧嘴而笑。

「妳動手啊，挺有趣的。」

阿隆我何止慘，而是悲慘至極。真紀伸長了右手，將槍口對準我。

「真紀小姐，這樣會不會太狠了？」

真紀微微一笑。

「對不起喔。不過，既然你知道我是『黑貓』，就不能讓你活著。」

真紀這麼一說，老太婆的表情立刻大變，看來老爸已經告訴她了。

「是妳！殺死朋二的就是妳！」

她站起來，朝真紀撲過去。真紀吃了一驚，差點開槍。

「把我兒子還給我！妳這個殺人兇手！」

她激動得頭髮都亂了，還咬住真紀的手。

「放開我！好痛，臭老太婆！」

真紀總算把老太婆推倒在地，摩挲著被咬的手臂。

「殺死妳兒子的不是我！」

「不然是誰？」

「我哪知道。大概是這小鬼的老爸吧？」

「開什麼玩笑……」

「不許動！」

我往前踏上一步，胸口就被真紀指住。

「你實在不討人喜歡。明明年紀還小，卻那麼冷靜。你爸到底在哪裡？」

我聳聳肩。

「你到這邊來。」

真紀揮揮手槍。

「坐在老太婆旁邊。」

我只能照做。

「反正，我要妳交出日記。不交的話，就往妳雙手雙腳各打一槍。」

真紀站在我們面前這麼說。

「沒有日記。」老太婆憤恨地說道。

「不可能。妳大兒子被抓之後，金錢流向還是沒查出來，一定有那些紀錄。」

「就算有，憑妳這輩子也找不到。」

老太婆氣得一臉猙獰。

「那麼，只要把妳除掉，就能守住祕密了。」

真紀露出帶著狠勁的笑容，把槍口對準老太婆。

那一瞬間，別墅的燈光突然熄滅。

真紀吃了一驚，倒吸一口氣。

「給我滾……」

一個活像來自地獄的聲音這麼說道。

「給我滾……」

只剩下庭院裡的捕蚊燈還亮著，在這微弱的燈光下，我看到真紀拿著槍到處瞄準的模樣。

「給我滾……，誰都不准弄髒米清家……」

「別給我演這種下流戲碼！不然我轟掉這孩子的頭。」

真紀尖叫著把槍口指向我。那聲音停了，接著聽到啪嚓啪嚓聲，燈光再度亮起。

大客廳與螺旋梯之間的木質地板發出嘎嘰聲，並凸起了一塊。

真紀拿著槍對準，灰頭土臉的老爸從那裡探出頭來。

他環視四周，與真紀的視線一對上，便笑了。原來他躲在地下室。

「老爸！」

「你總算出現了。要是敢亂來，別怪我不客氣。」

真紀把槍口對準老爸。

「結果還是不行啊。我還以為再強悍的女殺手也怕鬼。」

老爸爬到地板上，關好地下室的蓋子。我沒看到麻里姊。

老爸一點也沒有愧疚的樣子，衝著真紀直笑。

「原來如此，我兒子沒說錯，是個美人。」

真紀以一副受不了的表情看著老爸。

「真的是什麼人養什麼兒子。你在胡說什麼?!」

「不見得是胡說。隆就在屋子裡看到鬼了，對不對？」

我點點頭。

「他說看到一個眼睛和嘴巴都是血的老頭子。要是妳在這裡殺生，搞不好會被詛咒。」

「你再開玩笑，我就打爛你的嘴。」

「是真的，真紀小姐。」

「是嗎？那好，我相信你們。不過，我還是要你們死。」

「那妳不要米清的日記啦？」

「有嗎？」

真紀的眼睛為之一亮。

「當然有。別說日記了，米澤產業的一切都在這裡。」

老爸一點頭，原本一直不吭聲的梅老太婆便尖叫：

「住口！」

真紀可能察覺她的舉動不尋常，瞇起了眼。

「如果真有那些東西，我可以饒你們倆一命。」

老爸攤開滿是灰塵的手臂。

「這話能信嗎？再怎麼說，我們可是看到了『黑貓』的真面目啊。就算逃得了一時，事後又來索命，那我們怎麼受得了。」

「總比現在死在這裡好。」

「來場交易怎麼樣？妳把客戶的名字告訴我，我們從那人身上撈到一大筆封口費，然後搬到國外。這麼一來，妳也不必擔心有人會抖出『黑貓』的底細了。」

「洩露客戶資料在殺手界是違規的，我會惹來殺身之禍。」

「所以才叫做交易啊！反正妳的客戶也是個無恥的政客吧？拿到米清的日記，在打擊對手方面也有很大的用處。要是不能透露名字，那麼付一億現金也行。」

真紀露出思考的表情。

「我要打電話跟客戶商量一下。電話在哪裡？」

「二樓朋二的房間，裡面有一具屍體。」

「不准碰！」

梅老太婆大叫。老爸望著真紀點點頭。

「好吧。」

真紀一答應，老爸就看看我。

「隆，要是老太婆趁我們打電話時逃走就不妙了。很抱歉，你去把老太婆綁起來，嘴巴塞住。」

「是是是！」

我到廚房拿繩索和棉紗毛巾，照著老爸的吩咐做，老太婆氣得拼命扭動。

「那麼，我們上二樓吧。反正那兩個流氓受傷，跑不掉的。」

老爸說完，便率先上樓，接著是我，拿槍的真紀殿後。

我們進了朋二的書房。屍體仍維持原狀。

真紀環視房間內，皺起眉頭。

「是誰幹的？是你嗎？」

「不，朋二不是被殺的。」

「不是被殺？這麼說……」

「對，他是自殺的。順便問妳，妳覺得這裡一大堆電腦、傳真機是用來幹什麼的？」

老爸點點頭。

「……」

「朋二才是米澤產業的經營者。難怪檢警再怎麼逼問長男紘一，都問不出個所以然，因為紘一是朋二的傀儡。朋二從這裡或東京的住處對紘一下達經營方面的指令，而米清在經營方面的know-how，也全部由朋二繼承，不是紘一。朋二在社會上扮演離群索居的角色，實際上個性也很孤僻，不過他遺傳了父親的經營本事。」

「那他為什麼要自殺？」

「大概是很悲觀，覺得紘一被抓之後，檢警不久就會查到自己身上吧。米澤家身敗名裂就不用說了，他更無法忍受自己被捕，接受審判，成為社會上的笑柄。」

「既然這樣，為什麼現在才尋死？」

我也忍不住插嘴。

「其中一個原因是有刑警在場。他大概是怕自己死了以後，祕密被揭穿吧。但是，由糊塗的私家偵探接手後，守住祕密的可能性提高了。就算不裝神弄鬼，也很難察覺他是自殺。」

「那鬧鬼呢？」

「老太婆一手導演的，可能是想藉此趕走我們吧。聽你說昏倒，我第一個想到的，就是你聞到瓦斯。只要在窗邊擺個瓦斯桶就行了，簡單得很。但是我沒發現那些跡象。接著是香菸，因為你說地上沒留下菸灰，我才想到應該是香菸被攙了藥，八成是嗎啡溶液之類的。你看到的是藥效產生的幻覺。」

「所以頭才會那麼痛啊！」

「老太婆知道這傢伙是自殺的嗎？」真紀問道。

「不知道吧。因為朋二比老太婆想像中還聰明，更纖細敏感。」

「那，米清的日記呢？」

「在電腦裡。不過我早就把磁碟片抽掉藏起來了。」

「真有你的。」

真紀笑了笑，拿起屍體旁邊的電話。

「轉過去，要是你們看到任何一個號碼，交易就作罷。」

我和老爸轉過去背對她。老爸向我使眼色。

真紀撥完號碼，開始和客戶說話。

「……是我，『黑貓』。我現在在輕井澤，有事想商量。」

「……」

「對，拿得到，但是有條件……」

就在真紀說到這裡的時候，別墅再次陷入黑暗中。

「有鬼！」

我大叫。真紀不由得鬆開手上的聽筒，正當她想把槍拿穩時，老爸已經一拳打中她的心窩。

手槍從真紀手裡掉落。第二次鬧鬼，想必嚇壞她了。老爸頂住真紀搖搖欲墜的身體，叫道：

「麻里，OK了！」

燈亮了。原來麻里姊也躲在地下室。

老爸叫我綁住老太婆，堵住她的嘴，一定是為了方便麻里姊從地下室出來，窺探二樓的情況。

老爸拿起在書桌旁晃盪的聽筒。

「喂……喂喂……」

彼端傳來一個故作威嚴的男聲。

「讓您久等了！關於交易的事，看樣子是談不攏了。」

「什麼！你是什麼人！」

男子的叫聲從聽筒傳出來。

「您的問題恕我難以回答，但您這通電話，我就不掛了。想必近日櫻田門（註）的人會找您談談……」

老爸不懷好意地笑了。

「在那之前，您就好好享福吧……」

註：日本警視廳位於櫻田門正對面，因此常以「櫻田門」來稱呼警視廳。

吸血同盟

打工偵探——尋找製毒師

1

通宵打麻將實在傷身。

我揹著書包，吃力地爬上廣尾聖特雷沙公寓的樓梯。明明不用這麼拼命，卻偏偏被選為「都立K高盃　麻將錦標賽」的班級代表。

星期六下午四點開打，星期天早上八點結束。這一點都不像正常的不良高中生會做的事。儘管我奪得亞軍，獲頒一只小獎杯，生活指導組卻不知從哪得到這個消息，半夜十二點，比賽會場遭到學校老師「臨檢」。

所幸，會場是選手的母親所經營的麻將館，經過那位伯母從中斡旋，比賽雖免於中止的命運，但事後的「傳喚」必至。我可以預見涼介老爸的冷嘲熱諷。

菸抽太多，喉嚨和舌頭好痛，眼冒金星。不過，為什麼麻將打到天亮的這一天，天氣這麼好?!

萬里無雲，簡直是舉辦運動會的好日子，要是約康子騎NS400R飆到奧多摩，一定很暢快。

想是這麼想，此刻，阿隆我滿腦子只有軟綿綿的床。睡上一百年以後，應該想得到今天怎麼過吧。

這時候，我走到「冴木偵探事務所」門口。再來只要開門、沖澡、幹掉一瓶冰啤酒，再鑽進被窩裡就好了。

我把鑰匙插進鑰匙孔，門根本沒鎖。我就知道，天亮才回家的老爸一定又沒鎖門就去睡了。

我慢吞吞地把鑰匙串放回口袋，開門。

然後，我嚇了一大跳，書包差點掉到地上。

「早安！」

一個看起來挺健美的女孩露出燦爛笑容迎接我。她穿著圍裙，端著一鍋熱氣蒸騰的味噌湯。

在那張沒有委託人即充當冴木父子餐桌的茶几上，有納豆、烤魚、醬菜、厚煎蛋卷，與「典型日式早餐定食」的餐盤擺在一起。

「咦？」

聽到女孩清新的招呼聲，啣著牙刷的涼介老爸從淫蕩房間露臉了。

「早……早啊！」

我先打招呼，然後盯著老爸。就算老爸再怎麼素行不良，我也不相信他昨晚會對這個頂多十六、七歲的女孩做出什麼不軌的行為。就算真的做了，也不會白目到還要人家做早餐。

「哦，隆，%＊$#……」

老爸含著牙刷，紅著眼對我說話，接著抽掉牙刷，又說了一遍。

「剛回來啊？」

我明確地點點頭，反手關上門，有點不知所措。

「你就是冴木隆同學吧。你好，我是遠藤由香子。」

女孩看到我，急急行了一禮。她的體型渾圓，手腳還滿有肉的，是個健康寶寶，臉頰通紅，這樣的好氣色在東京人身上絕對看不到。

「早餐已經準備好了，請慢用。」

女孩笑盈盈地對我說。

「老爸，怎麼回事？」

老爸穿著符合個性的橫紋睡衣，在客廳的沙發上坐下，抬頭看我，那雙眼睛半睜半閉的，看來也是天亮才回到家。

「她是委託人。昨天晚上我們都不在，康子來過，便把她留在這裡。好像是有人在追殺她。」

我再次注視那個女孩。從她土里土氣的模樣看來，我只能想像某鄉下暴發戶公子會狂追她。

「請趁熱吃。」

少女勸我。本來打算在睡前喝罐啤酒的，看來不得不使出吃奶力氣吃飯了。

「人家難得替我們做飯，吃吧。」

老爸這麼一說，我也放下書包坐了下來。在這充滿肅殺氣氛的陽剛環境下，如此豪華盛大的早餐還是破天荒第一次。只是，對於一個因通宵打麻將被泡麵撐飽的胃袋來說，這樣的份量有點吃力。

「請多吃幾碗喔，我煮了很多。」

少女由香子這麼說道。這個家有電鍋這種東西嗎？我看了由香子一眼，她說：

「我用鍋子煮的。不太習慣，還煮出鍋粑。」

總之，我和老爸把委託人親手做的飯菜塞進肚子裡。吃過飯收拾了餐具，由香子泡上熱茶。

肚皮一緊眼皮就鬆弛，這句話說得真好。我被強烈的睡意襲擊。

「好了。」

老爸點了一根菸。看來他也一樣，勉強打起精神，但隨時都想鑽進被窩睡覺。

老爸一定也是一早回到家，發現家裡竟然有個少女，根本沒機會睡覺。

「妳昨天睡哪裡？」我問道。

「我睡這張沙發。康子小姐說，這家人絕對可以放心。」

康子那傢伙，完全看透由香子不是冴木父子喜歡的類型。

「那，妳什麼時候來的？」

「十二點左右，是康子小姐救了我。」

我瞪大了眼。那個大名鼎鼎的J學園大姊頭竟然會救人，真是天下奇聞。而且救了人以後，還把人丟在這裡，讓人百思不解。

「喂，隆，咱們家什麼時候變成了托兒所？」

老爸無力地說道。辦公桌上有一張康子留的字條。

「我把她留在這裡。情況不太妙，有人正在追殺她，我救了她一命，卻找不到其他人幫忙，所以請你們把她當作委託人。我回去了（因為明天有重要集會）。剩下的，就拜——託——了！」

哪門子集會啊！還不就是飆車族或大姊頭的聚會。我家沒人的時候並不會鎖門，有人在家會上鎖的多半是老爸，而且這時候通常他不是一個人。所以我把他的臥室稱作淫蕩房間。

「到底是誰在追殺妳？」

我忍著呵欠問道。連康子都用不太妙來形容了，可見得對方不是普通的流氓。

「吸血鬼。」由香子說道。

「吸血鬼?!」

我一時愣住，複誦了一遍。

「妳說的吸血鬼，是那種吸血鬼嗎？會吸人血的，像德古拉伯爵之類……」

「是的。」

由香子在我們對面坐下，以無比認真的表情點點頭。

「這棟大樓一樓的咖啡店也有一個德古拉伯爵，只是長得很像啦。」

「不是那種，是真正的吸血鬼。」

「看樣子，最好還是從頭說起吧。」老爸說道。

「好。」

由香子點點頭，張口說了起來。

2

由香子來自東北的Y縣，出生於一個不太富裕的農家。由於農村人口驟減，由香子家的經濟狀況也很吃緊，無法供給她念高中。

這時候，出現了一名同樣來自Y縣的企業家，願意僱用由香子在家幫傭，讓她得以在高中夜間部繼續念書。

為她介紹這份工作的，是她的國中校長，而企業家說起來就是同鄉的成功人士。

由香子提著一口皮箱上東京，住進那位企業家的家。這是一年半以前的事了。

雖說是企業家，由香子並不清楚對方在做什麼。位於世田谷區的豪宅裡，只有七十幾歲的主人和年約三十歲的年輕妻子，還有一名司機。

主人一出門會有好幾天不回家，而年輕妻子的身體不好，時病時起。

司機住在附有車庫的離房，除了用餐之外，極少出現在主屋，是個沉默寡言、讓人猜不透的男人。家裡幾乎沒有客人。

這個家有一股神祕、令人不舒服的氣氛，撇開這些不說，他們對下人還不錯，由香子也覺得「大概都是這樣吧」，便繼續住了下來。

然而幾天前，主人難得交代由香子：

「星期六晚上有客人要過來吃飯，不好意思，請妳向學校請假，在家裡幫忙。」

於是，一如主人所言，昨天從傍晚起，就有好幾組客人接二連三搭車前來，喝酒、吃飯、品嚐點心等等，由香子忙得不可開交。

晚餐從下午五點開始，一直到晚上十點多，事情發生在餐會結束之際。在女主人的吩咐下，由香子將虹吸式咖啡煮好後放在推車上，推至客廳。來客的司機原本聚集在客廳外，這時候都被請進客廳。

送完咖啡，由香子拉上紙門後，正在整理走廊上凌亂的室內拖鞋，卻聽到這樣的對話——

「還是得確保是健康的。」

「話是這麼說，又不能隨便找。再怎麼樣，都要抽血，而且抽一次就完了。」

「還是得滅口吧。」

「既然這樣，只能叫年輕人去辦了。」

「萬一洩露出去呢？會讓我們信用掃地。」

「那種女人就算殺了也沒關係啊，她們身體都很差，血髒透了，不能讓『大人』喝。」

由於對話內容實在太離奇，不經意聽到的由香子嚇壞了。這時候，裡面的人可能想確認由香子是不是離開了，門口附近有一名司機拉開紙門，於是發現了她。

男子大聲怒吼，抓住了由香子，把她拖進客廳。

現場的訪客與男主人共有六個老人，與各自的司機面朝內坐成一圈，將由香子團團圍住。

「剛才的對話妳聽到了吧！」

男主人以可怕的表情質問由香子。

「沒……沒有，我什麼都沒……」

「騙人。」

男主人神情痛苦地環視客人。

「怎麼處理？這女孩是我從家鄉帶出來的，在這裡幫傭……」

其他人彼此互望，其中一人問由香子：

「妳在東京有沒有親人？」

由香子搖搖頭。

「妳幾歲？」另一個老人問道。

「十七歲。」由香子回答。

「看起來很健康啊！」

其中一個老人突然伸手，猛力抓住由香子的腳踝。由香子尖叫，但沒有人阻止。抓住她腳踝的老人也沒有進一步動作，只是盯著留在由香子腳踝上的指印。

「血壓好像也很高。這樣的身體裡充滿了大量新鮮的好血。」

客人的視線紛紛集中在男主人身上。

「沒辦法，就用這女孩好了。」男主人嘆口氣說道。

「這樣『大人』也會滿意吧。」

其他老人也點點頭表示同意。

這時候，男主人的妻子在紙門後面說話了。由於由香子一直沒出來，她擔心由香子得罪了客人，便過來看一下情況。由香子趁機甩開老人，跑向走廊對面的院子，從木門衝出屋外。

一陣吆喝，老人們的手下緊追而來。由香子拼命狂奔，跑進附近的京王線車站，她身上沒有半毛錢，不過還有學生定期票，便搭車來到新宿。

之所以到新宿，是因為想待在人多的地方。正當她在熱鬧的地下街徬徨無助時，再度遭逢那群追捕她的男人。老人料到由香子會跑到新宿，於是派司機過來搜尋。

正當由香子不知往哪裡逃時，湊巧撞見了一大群橫行霸道的太妹。這群平常避之唯恐不及的人，這時候變成了她求助的對象。由香子異常恐懼的模樣，引起了大姊頭康子的注意。

康子向那些男人挑釁，刻意引人注目，趕走他們，然後把由香子帶進了一家咖啡店，問出事情的來龍去脈。

「康子小姐說，就算我報警也不會有人相信這種事，所以要拜託可靠的人，然後就把我帶到這裡來了。」

由香子以這句話做總結。看她一夜之間立刻振作起來，可見得個性堅強。

「那麼，妳睡了一覺精神就好多了？」

看來老爸也有同感，一邊忍著呵欠一邊問道。

「是的。平白無故地在這裡借住一晚，實在很不好意思。所以我打掃、洗衣服，準備早飯等兩位回來。那個……，錢是康子小姐先借我的。」

我和涼介老爸對望一眼，老爸乾咳了一聲。

「買菜錢我會還康子。那，怎麼樣？精神好多了以後，會不會覺得昨天發生的事是一場夢？」

由香子用力搖頭。

「不可能！那是真的，我沒騙人，也沒有做夢。我真的差點被吸血。」

「的確，就算妳去報警，也沒有人會相信妳。」我說道。

「是的。可是，我沒有其他地方可去，不知道該怎麼辦……」

由香子眼裡突然落下大顆淚珠，然後抽噎了起來，接著「哇——」地放聲大哭。

「好好好，別這麼難過。」

老爸連忙安慰道。同為高中生的我說這種話可能有失厚道，不過她就是那種純情派。萬一哪天和這種女孩上床，肯定高中一畢業就被逼婚。康子確實看準了我們父子倆很安全。

只是，要說她是委託人，也得考慮她付不付得出調查費。假如她說的是實話，就算替她擺脫了那群嗜血老頭，也未必收得到分文酬勞。

老爸大大地嘆了一口氣。又睏又棘手，我看老爸才想哭吧。

「那，妳待的那戶人家主人叫什麼名字？」

我問抽噎的由香子。

「叫野野村……亮三。」

老爸喉嚨裡立刻發出怪異的咕嚕聲，既像咕嚕聲又像嗚咽。

「老爸，認識？」

「什麼認不認識，那可是關東聯合組織退休的大頭目。」

哇塞！說到關東聯合，那可是警視廳欽點的廣域暴力組織。

「聽說他已經完全退出組織，沒想到只帶著老婆和司機生活……」

「那個退休的大頭目怎麼會想喝生血？」

「大概是當作回春藥吧。」

有這種凡事只會聯想到那方面的老爸，做兒子的真命苦。

「如果這個野野村亮三就是那個大頭目，這孩子的麻煩就大了。」

老爸的表情變得正經無比，看來睡意暫時飛走了。

「這麼說，聚會的那些老頭子都是黑道銀髮族了？」

「這就不知道了。如果是，他們出門帶的人也太少了。」

「怎麼辦？」

「萬一野野村真要滅口，我們就不得安寧了。」

老爸雙手交抱胸前，這麼說道。

「拿這種怪力亂神的事去找國家公權力商量，人家恐怕也不理吧。」

「還是我們自己調查？」

「那就晚上吧。」

我說著便起身。眼皮重得要命，腦筋不管用，就算聽到與關東聯合有關，也沒有真實的恐懼感。

「我先去睡了。要是睡著時血被抽乾，我也就認了。」

「隆啊。」

「幹嘛？」

「你一覺醒來就天黑囉。」

「這我知道啊！」

「所謂的吸血鬼，可是在晚上特別有活力的生物喔。」

「那晚餐就吃大蒜牛排吧！聽說吸血鬼討厭大蒜。」

我打呵欠說道，睏得要死。老爸嚴正宣告：

「很不巧，昨天麻將打輸了，大蒜牛排就免了，改吃餃子吧！」

3

熟睡讓身心恢復了元氣，我在下午五點起床，走出臥室，來到辦公室，老爸正坐在桌前喝咖啡。

「早啊！」

說過這天的第二次早安，我在老爸身邊坐下，喝了幾口他遞過來的黑咖啡，問：

「被吸血鬼盯上的勤奮少女呢？」

「在『麻呂宇』。又沒人叫她幫忙，她就主動幫起星野伯爵來了，真是天生勤快。」

老爸伸了一個懶腰。

「老爸，學學人家怎麼樣？這樣就不必小家子氣用餃子來防吸血鬼了。」

「再怎麼勤快，也不能保證賭贏。」

看來，這人絲毫不想改變生活態度。

「那，你睡了一覺，想到什麼好主意？」

「先去野野村家看看吧。搞不好只是金盆洗手的大頭目從事捐血活動而已。」

「那也未免太不尋常了。」

門開了，有人走進來，是康子，身穿閃亮的「戰鬥服」，後面跟著由香子。

「集會結束了？」

「只是兩幫人尋仇，找我當見證而已。兩邊各說各話，一堆廢話，我懶得理就回來了。最近的幫派很沒志氣，實在很糟糕。」

還志氣咧。老爸從馬克杯抬起視線，說：

「妳這身打扮不如去上『青年的主張』（註）吧？搞不好還能當上『年輕紮根會』的偶像。」

康子不予理會，繼續催我們：

「怎麼一臉剛睡醒的樣子啊，兩個都一樣。趕快行動啊！」

「我沒辦法，一早起來低血壓。德古拉先生會討厭我的。」

「你再胡扯，當心我踹你。」

「唉唉唉——」

老爸搖搖頭。

「我跟隆去就好，康子和那孩子待在這裡。」

「為什麼?!我可是卯足了勁，準備去修理那些該死的色老頭。」

康子一臉不滿。

「要打架隨時都可以，但是現在要先把對方的底細摸清楚。」

老爸催我動身。天色開始變暗了。

「昨天才鬧出那些事，他們一定會警戒，千萬別掉以輕心。」

老爸坐進休旅車。我帶著由香子畫的地圖，騎車當開路先鋒。

在滿街都是差勁駕駛的星期天傍晚騎車，對騎士來說實在是搏命演出。我適度地一邊騎車一邊從照後鏡確認老爸有沒有跟上，往野野村亮三豪宅所在的芦花公園前進。

由香子上東京已經一年半了，方向感卻只有小學生程度，地圖上淨是「白色大樓」、「有一棵大樹的房子」或「在這條大馬路右轉」之類的指示，我費了好一番工夫才找到目的地。

當我們抵達那棟占地約五百坪的磚牆豪宅時，天已經黑了。

在東京這一帶，美其名為住宅區，其實跟鄉下沒兩樣，烏鴉在夜空中飛舞啼叫。

豪宅外圍的磚牆相當高，除了越牆而出的柿子樹樹梢，完全看不見牆內的情況。那扇尖頂的黑色鐵門深鎖。

「老爸，怎麼辦？」

我們在大宅四周繞了一圈，確認後門也上鎖，我向老爸請示意見。

「這麼安靜，顯然老人俱樂部已經解散了。」

「既然這樣，要不要進去請安？」

「你爬得過這道牆嗎？」

註：日本國家電視台NHK自一九五六至一九八八年每年一月舉辦「NHK青年的主張大賽」，以該年度滿二十歲的觀眾為對象，依每年所訂的主題發表主張。一九八九年後改名為「NHK青春Message」，對象擴大為十五至二十五歲的觀眾，不再設定主題，讓參加者自由發揮。節目播出至今。

「要是非法入侵民宅被抓，你會來保我嗎？」

「我們家付不出保釋金。」這是什麼話啊！

我放下安全帽，就著手套和一身皮製連身衣，爬上休旅車的引擎蓋。星期天晚上，路上連個人影都沒有。

就算是大頭目的家，也不至於從牆邊一探頭就挨槍吧。要是被抓了，還可以謊稱偷柿子。

我正想從牆垣探出上半身時，嚇了一跳。原來上頭有玻璃碎片，要是沒戴手套一定會受傷。

我避開碎片，探頭察看。

那是一幢和式平房，比起寬廣的庭院，主屋並不大。從正門一進來，還有另一幢較小的雙層樓建築，一樓是車庫。

庭院裡有植樹、石頭造景，還有水池，相當講究。車庫裡停著一輛黑色賓士，屋主野野村亮三應該在家。

只有主屋中央的房間亮著燈，連交談聲都聽不見。

我跳進院子裡，落地後彎身朝主屋走去。主屋正好有寬大的簷廊。

我順利鑽進簷廊底下，豎耳傾聽。

「……已經通知了，今晚一定會辦妥。」

屋裡傳來老頭低沉的聲音，應該就是野野村亮三吧。而回答的，是一個陰森森的男聲。

「您要去新宿嗎？」

「還不用。我看，十一點以後再去。最好能在遊樂場隨便找一個。」

「今天是星期天……」

「所以深夜才好。星期天晚上還在外面遊蕩的美眉，都不是什麼好人家，只要健康就好。」

「那麼，找到以後馬上……」

「馬上帶去。大人只能等到明天日出。」

看樣子，他們打算找代替由香子的犧牲品。

「那要怎麼跟其他人轉達……」

「他們都是外行人，一不小心可能會驚動警察，反而麻煩。叫他們別輕舉妄動。」

「是！」

好像有一個人站起來，我的頭頂上方安靜了下來，我悄悄從簷廊底下爬出來。

看來，由香子的確沒騙人。這些老人正準備舉行詭異的儀式，將年輕女孩獻給某大人。雖然還不清楚是不是抽活人的血，但只要盯牢他們，應該會水落石出。

我在黑暗的掩護下跑過庭院，攀上牆。來時容易去時難，我奮力攀爬，老爸伸手把我拉上來。

「怎麼樣？」

坐進休旅車之後，老爸問我。

「看樣子是真的。他們正在討論晚一點要去新宿綁架年輕女孩。」

「到底想幹什麼？」

「他們說要獻給大人，期限在明天日出以前。」

「真詭異。」

老爸難得陷入沉思。基於情報員時代的經驗，涼介老爸相當了解黑道和走私組織，但遇到吸血鬼似乎也無計可施。

「要準備十字架和大蒜嗎？」

「要等大人從棺材裡爬出來嗎？」

我點點頭。真是莫名其妙，在東京都中心竟然有老人家膜拜吸血鬼，還要抓年輕女孩當祭品。

「要不要問問國家公權力？」

「問什麼？」

「問問最近有沒有什麼詭異人士從羅馬尼亞的外西凡尼亞混進來。」

「德古拉的曾曾孫之類的嗎？」

我點點頭。

「羅馬尼亞可是社會主義國家，老百姓生活沒那麼悠閒，還能讓吸血鬼這種悠哉的妖怪生存。」

「搞不好就是這樣才跑來日本？」

老爸半信半疑。

「總之，先回事務所再說。那些人還要一段時間才會行動。」

「先收集情報吧？搞不好黑道正在流行什麼新興宗教。」

「如果真是那樣，世界末日就要來了。」

老爸搖搖頭說道。他講起這種話，還真的很有威嚇感。

4

回到廣尾，康子和由香子在「痲呂宇」打發時間。

「查出什麼了嗎？」

康子問道，我在她對面坐下，老爸朝我使了個眼色，就上樓去了。大概是去收集情報吧。

「妳幫傭的那戶人家，昨晚是第一次請客嗎？」

我問由香子，她點點頭。

「我在那邊工作是第一次遇到。」

「沒聽說老先生是做什麼生意的？」

「只聽說好像是幾家公司的顧問……」

的確，黑道組織最近也是以公司形態來運作。

「有沒有同年齡的朋友？」

「這我就不太清楚了……」

「有沒有出國旅遊？尤其是歐洲。」

「有好幾次。今年初也去過保加利亞，還帶土產給我……」

保加利亞。就算學校成績在都立高中吊車尾的我，也知道那是羅馬尼亞南方的鄰國。

星野先生端出熱可可招待大家，媽媽桑圭子在吧檯角落專心磨指甲。

「我記得星野先生有白俄羅斯血統吧！」

「是啊，據說還是俄國革命時領地被搶走的望族。」

「沒有親戚嗎？」

「不清楚。」

星野先生搖搖頭。他的表情相當威嚴，備受附近那些靈異迷女大生的喜愛，聽說她們還成立了星野伯爵後援會。

年輕女孩認為吸血鬼充滿魅力，那種心態不難理解。吸血鬼看上的大多是年輕美女，而女孩幻想自己是吸血鬼的獵物，那種感覺應該不壞。

然而，萬一那些吸血鬼是年過七十的老爺爺，不免有點噁心。說到這裡，真正的德古拉伯爵身邊也跟著一個詭異老人。野野村亮三就是扮演這個角色嗎？

老爸下樓了。

「怎麼樣？」

「說要調查在東京的羅馬尼亞人，根本沒當真嘛！」

老爸搖搖頭。看樣子是去拜託副室長了。不愧是國家公權力，連星期天晚上也聯絡得上。

「就算真的發生什麼怪事，看樣子也不肯說吧！」

「你們在說什麼？」康子問道。

「大人說話不要插嘴。」

「跩什麼！」

「只不過，撇開野野村的事不談，我倒是聽到一件怪事。」

「什麼事？」

「最近，政經界的退休人士之間，好像流行一種可以返老還童的藥。那種藥並未經法律許可，只在那些老人之間口耳相傳。」

「那種藥是誰提供的？」

「不知道。」

「老爸，你該不會認為……」

「我是覺得不至於有人會有那種噁心的念頭。」

涼介老爸說道，他的臉色也很難看。把年輕女孩擄來，抽光對方的血，做成不老仙丹販賣，這不是正常人會做的事。如果真有人這麼做，這些人一定有病。老先生口中的那個「大人」，就是冒牌仙丹的製造者。

「開什麼玩笑！這些人在想什麼啊？」

我和老爸對望時，康子叫道。

「說到藥——」

一直在一旁靜靜聆聽的由香子開口了。

「老爺在家時，每天早上都會吃一種膠囊，裡面裝了紅色液體，說是對身體很好……」

「真可怕。」

「總之，隆，去跟蹤野野村。見到那個什麼大人應該就會水落石出了。」

「我看還是帶十字架和木椿去比較保險。」

「你們又打算把我留下來看家？」

康子發出不滿之鳴。

「這件案子可是我介紹的哦！」

老爸嘆了一口氣，看著我。

「怎麼辦？看來這位小姐也很嗜血。」

「我倒是想看看吸血鬼被修理的模樣啦！」

「反正去找那個大人，一定得帶個年輕女孩。帶康子去正好。」

「你們在說什麼？」

「我們在說，妳要不要演吸血鬼的美女獵物。」

「那有什麼問題。」

阿隆我很不安。吸血鬼故事裡有條規則，被吸血鬼咬過的人對鮮血會產生同樣的渴望。康子本身就很好戰了，如果再嗜血，其恐怖程度將遠超過德古拉。

5

載著野野村亮三的賓士車從甲州街道駛向新宿。在星期天凌晨這種時段，馬路上沒什麼車。也就是說，這種狀態完全不適合跟蹤。

老爸的休旅車稍微超前賓士，我騎著NS400R，載著康子，尾隨在賓士的斜後方。

康子在我的提議下，脫下「戰鬥服」，換上蠢味十足的龐克裝。就算野野村的司機昨晚在新宿看過康子，當時身穿水手服的她，臉上被大姊頭的標誌——口罩遮住了大部分，換上龐克裝之後，不可能被認出來。

我們怕被發現，有時我超越賓士，有時老爸落後，就這麼一路到了新宿。

賓士直接開往歌舞伎町，看樣子真的要抓年輕女孩。

「玩到那麼晚，當心被人口販子抓去賣哦！」聽說以前的父母會拿這種話來威脅不回家的小孩（我只有一個老是不回家的老爸，當然沒被念過），看來在新宿是事實。

排班的計程車占滿了靖國大道，賓士切入車陣。這一帶是黑道朝聖地，黑色賓士車相當吃得開。

大方違規停車之後，司機打開後座車門。

下車的，是個身穿銀灰色西裝的老人。就一個年過七十的老人來說，此人的樣貌確實很年輕，看起來頂多六十歲。

司機是個身穿黑西裝、戴白手套的高個子，環視四周的銳利眼神，透露出他的特殊身分。

兩人首先進入的地方，是與他們完全不搭調的電玩遊樂場。

老爸在我前方不遠處閃起故障燈號，停車，回頭向我打一個暗號。

康子把安全帽摘下並交給我，然後下車。她雙手插在運動外套的口袋裡，一副百無聊賴的模樣靠在地下道入口。

我仍坐在機車上觀察。

不久，野野村和司機從遊樂場出來了。康子佯裝不知情，嚼著口香糖吹泡泡。

兩人只向康子瞄了一眼，便往歌舞伎町深處走去。

對方不肯上鉤。

我把車停好跟上去，以眼神示意康子留在原處。

野野村和司機在霓虹燈閃爍、電玩聲嘈雜的歌舞伎町極為醒目。

將近午夜十二點，路上行人變少。皮條客和攬客的老兄不時纏住兩人。那個司機還推倒一名死纏不放的皮條客。

「你煩不煩啊！」

「媽的，幹什麼！」

皮條客站起來後扯開嗓門，轉眼間四周的同伴聚集而來，情勢看來不妙。此時，馬路對面有人聽到騷動，雙人組的流氓出現了。天氣這麼冷，其中一人只穿著單薄的三件式白色西裝，理著大光頭，另一人則是標準的流氓裝扮——電棒燙髮型配上網眼運動外套。

「你們是什麼人?!」

雙人組來勢洶洶，充滿狠勁，但一看到司機就臉色大變。

「安……安井大哥！」

「好久不見！」

他們朝對方磕頭如搗蒜。

「你們這些傢伙！」

原本以為救兵趕到而大喜的皮條客挨了耳光，索性一哄而散。

看樣子，這個姓安井的司機相當吃得開，那兩個流氓嚇得不敢正視野野村。安井把那兩人拉過來，交頭接耳說了些什麼。我心想，這下麻煩了，看來他打算派這些地頭蛇去找年輕女孩。

那些流氓猛點頭，立刻展開行動，幹勁十足地衝向遊樂場。此時，康子出現了。快啊！趕快被抓！我朝康子使眼色。

康子似乎會意了，於是走向正在街頭等候的野野村與安井，刻意盯著兩人。安井注意到她的視線。待眼神一對上，康子便走上前去。

「喂，給點車錢吧。」

雖然有點突兀，也管不了這麼多了。

「幹什麼？」

安井想趕人，但野野村制止了他。

「小姐，有什麼事？」

他以我熟悉的低沉聲音問道。

「我的錢在遊樂場全部花光了，借點車錢或住宿費吧！」

完全是高中女生援交的手法。

「借妳也行……，妳肯陪我嗎？」

「幹嘛？」

康子露出挑逗的笑容。

「跟我來就知道了。」

「好啊，如果不痛的話……」

康子一副老練的模樣。聽說她走強硬派路線，眼前的情景真令人難以置信。

野野村朝安井點點頭，安井也向他點頭，接著便招手把正在附近遊樂場觀望的光頭叫過來。

他們走到康子聽不見的位置交談，光頭一本正經地聽完，便跑向那個電棒頭。

「我們走吧！」

野野村對康子說道，三人便開始走動。

我若無其事地尾隨在後，老爸靠在靖國大道轉角的護欄上抽菸。

我看到康子被塞進賓士車的後座，便跑向機車。老爸也若無其事地站起來，穿越斑馬線。

賓士按喇叭開路，並駛向馬路中央，打起右轉的方向燈。看樣子是準備回轉。

我加速超車到前一個路口的紅綠燈，要是在同一個地方回轉，等於是告訴他們被跟蹤了。

薑果然是老得辣，老爸把休旅車停在對向車道。

賓士繞過護欄又左轉，看來是往西新宿，打算上首都高速公路去哪裡嗎？

然而，賓士停下來的地方，是一家位於新宿副都心的超高層大飯店。賓士讓野野村和康子在大廳前下車，然後駛進地下停車場。

安井等一下應該也會過去會合。我預料是這樣，便跟著騎進地下停車場，沒想到賓士竟然橫向停在通道上。

我緊急煞車，背後傳來另一輛車的煞車聲。我回頭一看，一輛白色Crown正擋在停車場的出入口，車門打開，下車的是剛才那對流氓。

安井從賓士的駕駛座下車。我跨坐在機車上，被三個人包圍，原來他們剛才交頭接耳是為了這一招。

「喂，把安全帽拿下來。」

安井說道。我乖乖照做，看樣子，早就被識破了。

「安井大哥，是個小鬼。」

光頭說道。阿隆我被緊緊包圍。

安井突然反手賞了我臉頰一拳。嘴唇破了，我嘗到血腥味。

「說啊，小鬼，你幹嘛跟蹤這輛車？」

「擔心我妹。」

「你妹？」

「你們剛剛把她帶走了啊。」

「你是說那個太妹？」

「是啊，我妹不知道怎麼了，這個年紀就很愛男人，明明不缺零用錢，卻為了找男人老是往外跑。身為哥哥，當然不能不管啊。」

我說了一堆謊話，要是被康子聽見，肯定被揍得半死。

「聽你在放屁。」

「是真的。我妹真的花痴得不得了。不好意思，我可能太雞婆，不過你們那位老先生心臟夠強吧！」

安井揪住我的頭髮。

「你再滿嘴狗屎，就要你好看。」

光頭從背後架住我的手臂。

「安井大哥，我來讓他閉嘴吧？」

電棒頭走向我，喉嚨深處響起喜不自勝的咕嚕聲。

「好，我說。日本妖怪協會宣稱有吸血鬼未經許可擅自活動，要我過來調查。」

「什麼?!」

安井愣住了。我心想這是個大好時機，索性往電棒頭的胯下使勁一踹，再給光頭一個頭鎚。

我在兩人的哀嚎聲中棄車，衝上停車場的坡道。

「小鬼！給我站住！」

緊追在後的流氓停了下來，一個人影跨過Crown的引擎蓋滑了過來。

「什麼人！」

是老爸。雙手插在牛仔褲的後口袋，一副百無聊賴的模樣。

「真難得，來救你兒子啊？」

我高興地說道。老爸搖搖頭。

「不是，我跟丟了康子和老先生，所以想來問問司機先生。」

「兒子？你們是父子？」

安井吃驚地大叫。

「混帳，玩這種把戲！」

光頭從西裝裡抽出匕首。

「那就讓你們父子倆不得好死！」

6

「幹嘛生這麼大的氣？這麼不想讓人家知道野野村爺爺的去向嗎？」

涼介老爸不理會流氓，注視著安井。

「你這傢伙，找死嗎?!」

光頭拿著匕首朝老爸揮去。老爸輕巧地退一步，輕鬆閃過。安井後退，看來很想往停車場深處跑的模樣。

「隆，別讓他跑了，康子在他手裡！」

老爸大叫。不用說我也知道。

「混帳！」

電棒頭低吼，朝我撲了過來。我舉起安全帽擋掉他的手，一躍閃開。電棒頭氣得滿臉通紅。雖是職業所需，不過這個流氓還真厲害，說翻臉就翻臉，動不動就開罵，起腳就踢。他抬起小腿擋我的安全帽，一定很痛。

我扔下安全帽，以直拳攻擊動作變緩的電棒頭的臉。這是hit and away的打法，對方會因憤怒與疼痛亂了陣腳，胡亂出拳。我以刺拳攻擊對方的腹側便後退，以勾拳攻擊對方的側臉再後退。

安井一定沒想到。老爸一邊靈巧地躲過光頭的匕首，一邊掃中他的腿。停車場的出入口有斜坡，本來就不容易站穩了，光頭跌了一個狗吃屎，老爸再往他臉上用力一踩，就把他擺平了。

電棒頭看到光頭被擺平，站也站不穩，安井拔腿就跑。

「追！」

老爸大叫，我跑了過去。

「站……站住……」

電棒頭滿臉是血，仍想擋住我們的去路，老爸往他的腿一掃，他仰天倒下，從坡道上滾落，頭部狠狠地撞上了賓士的保險桿。

巨大的撞擊聲響徹停車場，電棒頭癱在地上動也不動。

安井橫越停車場，已經跑到通往大廳的電梯了。他按了按鈕，發現電梯門遲遲不開，便往緊急逃生梯跑去。

我追著他，爬上停在前面的一輛雪鐵龍的引擎蓋，趁勢一跳，從後面撲向安井。

我以背後擒抱的姿勢撞上安井。地球上有所謂的慣性定律，我撲向安井的力道，使得安井和我的身體往前衝。安井還沒轉過電梯穿堂的轉角，他的正面是一道水泥牆。

安井的額頭撞上牆壁，發出清脆的響聲。而我在他身體的緩衝下，慢慢著地。

「喔，抱歉！」

說是這麼說，不過安井恐怕沒聽到吧。他翻著白眼，被我壓在底下當墊背。

老爸把我拉起來，安井動也不動。

「謝啦！跟丟了是怎麼回事？」

我向老爸道謝後問道。

「野野村和康子進電梯就不見了。」

「不見了？」

「他們搭客用電梯上了十樓，沒到櫃檯，也沒拿鑰匙。我搭另一部電梯到十樓一看，連個人影都沒有。」

「差多久？」

「不到十秒。就算進入離電梯最近的房間，至少也會聽到關門聲。」

「途中在別的樓層下電梯？」

「不可能。」

老爸搖搖頭。

「要是中途下電梯，我搭的那一部應該會先到十樓。可是我到的時候，他們搭的那一部正在關門。」

「這樣不是很奇怪嗎？」

「是很奇怪。」

我和老爸面面相覷，然後低頭看著躺平的安井。

「只好請他開口了。」

我蹲下來，拍拍安井的臉。

「……」

安井發出呻吟，搖搖頭。再給他一下，眼睛是睜開了，但一副無法聚焦的模樣。

「醒醒！野野村在哪裡？」

老爸雙手伸到安井腋下，把他架起來。他的額頭腫了一個大包，只不過我們看了也沒什麼罪惡感。

「你們……」

安井總算想起來是怎麼回事，睜開眼睛。

「你……你們是什麼人！」

「義工偵探。聽說有可惡的吸血鬼在恐嚇鄉下姑娘。」

「開……開什麼玩笑！」

「野野村到哪裡去了？大人又在哪裡？」

「不知道。」

安井猛搖頭。

「不說，就讓你再問候一次牆壁。」

「那就動手啊！就算殺了我，我也不會說的。」

還挺忠心的嘛。

「怎麼辦？再耗下去，康子搞不好被抽光了血，變成人乾啦。」

「那些老頭子要是吃下康子的血就慘了，一個個開始要起剃刀。」

「什……什麼意思？」

「也就是說，她是個無法無天的大姊頭……」

我說到一半就打住了，向這些崇拜吸血鬼的異教徒解釋也沒有意義。

「要恐嚇飯店員工嗎？」

我提議，但老爸搖搖頭。

「萬一他們報警，我們會被送進精神病院。」

「查一下車子好了。」

我揪住安井的耳朵，把他拉到賓士車旁。安井大概還在頭暈吧，毫無抵抗就乖乖跟了過來。

我們坐進車內，裡裡外外翻了一遍。

「喂！」

老爸從前座後面的置物袋拿出一個半透明塑膠盒，裡面有四顆紅膠囊。

「那個什麼返老還童的藥，就是這個吧！」

「你們怎麼連這個都知道？」

安井睜大了眼，似乎很驚訝。

老爸勒住他的脖子，臉上露出極罕見，不，是首次看到、魄力十足的表情。

「野野村在哪裡？再給你一次機會，快說！不說，我就用這輛車把你的手腳輾碎。」

老爸把安井從車上拖下來，用領帶和皮帶綁住。

「隆，壓住他的上半身。」

老爸把他的雙腿拉到賓士的前輪下，這麼說道。看樣子他是來真的。

「我勸你還是說吧。那人平時很隨興，一動手就不知道節制。」

我對安井小聲說道。他咬緊了牙不肯就範。

老爸坐進駕駛座，發動引擎後，在空檔下猛踩油門。五千西西的低鳴聲讓安井睜大了眼。

車內傳來解除手剎車的軋軋聲。安井開始掙扎，我用膝蓋壓住他的肩膀。

前輪發出嘰哩嘰哩的轉動聲，壓住了安井的褲管。

「好好好——我說、我說、我說！」安井叫道。

「在哪裡？」

「十……十三樓，從十樓搭員工電梯上去。」

「好，過來！」

老爸從駕駛座上跳下來，拉起安井。

7

我們先搭客用電梯到十樓。走廊從電梯穿堂朝兩個方向延伸，近前角落有一扇門寫著「PRIVATE」。

打開那扇門，有一座小小的員工電梯。

「飯店很討厭十三這個數字，他們一定是看準了這一點。」老爸說道。

「可是，怎麼會在這裡？」

「這家飯店的老闆大概也是迷吸血鬼的老爺爺。」

員工用電梯的按鈕並沒有「13」這個數字。過了十二樓之後，安井按下緊急停止鈕。

電梯在一陣晃動後停了。安井把門拉開。

眼前是一片昏暗的空間，還有一股水泥潮濕的氣味。

「吸血鬼之家到了。」

老爸喃喃說道。我們走進這個昏暗的空間。再怎麼說，這裡同樣是一整層樓的面積，只不過沒有走廊、客房之分，整片水泥地上，只有無數根石柱般的梁柱。

「走！」

老爸推了推安井的背。安井冷汗直冒，不停地發抖。

「饒了我吧！我不能再走過去了，要是未經許可帶人進去，大人會大怒的。」

「要是康子被做成提神藥，她一樣也會大怒啊！」

「你不帶路，我們哪知道大人在哪裡。」老爸彎身說道。

業者為了避免十三樓被發現，在這裡裝上與其他樓層一樣的窗戶，只不過窗戶塗了深色塗料，從外面看不見裡面的情形。

「康子！」

我叫道。聲音在水泥地板與天花板之間迴響著。

「走！」

老爸和我往前走，把發抖的安井留下來。周遭的氣氛頗陰森，要是星野先生在場，肯定也張力十足。

「看。」

老爸悄聲說道。正前方有一絲微光，踩踏的地板也突然變軟了。

只有那個地方鋪上紅褐色地毯，前方散發出搖曳的光，看樣子是燭檯。

要是再擺上一具巨大棺材，阿隆我就會因為沒帶十字架後悔一輩子。

才這麼想——

有，真的有！連我也不禁腿軟了。

一具木紋鮮明的西式棺材擺在一座祭壇上，襯著紅布，左右兩邊各有一座燭檯。康子躺在前面，野野村嘴裡念念有詞，跪拜在地。

「野野村……」

老爸叫他。野野村沒有回應，依然跪拜著。

我和老爸緩緩靠近。

野野村總算抬起上半身，回頭看著我們。他的表情呆滯，彷彿神經斷了線。

「你們是什麼人？」

「說來話長。總之，那女孩不能變成你們返老還童的原料。」

康子好像被迷昏了，仰躺著發出規律的鼻息。

我特別注意她的脖子，萬一那裡真的有兩個小洞，舉世驚恐的大姊頭吸血鬼就此誕生了。

還好，康子的脖子尚處於健全狀態。

「誰也無法違抗大人。要是敢反抗，你們的鮮血也會被吸光，小命不保。」

「很不巧，我才捐過血，不想再失血了。」老爸說道。

「蠢蛋！你竟然不怕？」

野野村才說完，棺蓋好像裝了彈簧般地自動開啟，一個穿著黑披風、體型高大的白人男子抬起上半身，緩緩地轉動脖子看向我們。

他的膚色雪白，只有眼睛是鮮紅色的。大個子瞪大了眼注視我和老爸。

接著，伸出了留有尖長指甲的手指，指向我們。

大個子開口，說了一堆聽不懂的外語。

「這傢伙倒是挺嚇人的。」老爸喃喃說道。「這傢伙講的，是道地的羅馬尼亞語。」

涼介老爸別的沒有，就是有語言天分。他在跑單幫時代走遍全世界，通曉十幾國語言。既然他都這麼說，肯定錯不了。

「糟了！咱們趕快搶了康子溜吧！」

大個子顯然很不爽。尖尖的指甲朝我們一指，以嚇死全世界的表情又開始說起羅馬尼亞語。

不料，老爸突然以同樣的語言回答。頓時，大個子眼睛睜得老大，我還以為他的眼眶會裂開。

老爸劈哩啪啦說了一大串，只見大個子的臉頰抽搐了。

他站起來，走出棺材。阿隆我不由得後退。

大個子突然猿臂一伸，抓住野野村的脖子，以驚人的臂力將他舉起來。

「趁現在！」

老爸一說完，便與我一起跑向康子，抱起她那軟綿綿的身體，走為上策。

大個子不知道在吼什麼，把不停掙扎的野野村往地上一扔。野野村哼了一聲，就不動了。

然後，他看也不看我們一眼，躺回棺材裡，蓋子碰的一聲又關上了。

我和老爸抱著康子直奔電梯。

回到廣尾的聖特雷沙公寓時，已經凌晨四點了。我先把康子扔進我的床，然後把睡在沙發上的由香子移到她旁邊。接著，我和老爸在辦公室裡大眼瞪小眼，誰也沒說話。終於，老爸從捲門書桌的抽屜裡拿出馬爹利白蘭地。

「來喝吧。」

我默默點頭。老實說，剛才的經歷可能會完全顛覆我對這個世界的看法。

我小口啜飲老爸倒的白蘭地。

「那傢伙說了什麼？」

「本人正是統治羅馬尼亞外西凡尼亞的德古拉伯爵後代。」

「德古拉是小說裡的人物吧？」

說是說了，我的聲音相當軟弱。

「據說是有雛型的。我問那傢伙『你怎麼會跑來日本？』你知道他怎麼說？他竟然說因為核能電廠出事，歐洲變得不適合居住。」

老爸板著臉說道。若在一般情況下，這句話應該很好笑。當著本尊的面聽到這些話，卻有一種寫實的張力。

「可是啊——」我重振精神說：「又不能確定他就是德古拉。我們也沒看到他在康子的喉嚨上插吸管。」

「說得也是。還有一點我也覺得很可疑……」

老爸望著半空喃喃地說：

「好，隆，明天一早，你把這些膠囊拿到我等一下寫的住址，對方應該會協助化驗。」

老爸拿起桌上的便條紙。

「老爸呢？」

「我再去那家飯店調查一遍。」

我聳聳肩。既然與真正的吸血鬼為敵，哪有閒工夫考慮課業這種俗事。

「我說，老爸。」

「幹嘛？」

「我看你最好帶副十字架去。」

8

第二天一早，我騎著NS400R抵達了知名的T大醫院藥學研究所。老爸從跑單幫到賭徒，人生只有無賴這條路，如何在象徵權威的象牙塔中找到門路，我並不清楚，總之，一名顯然已接獲通知的研究員，正在化驗我帶來的「返老還童」膠囊。

在等候的三個小時裡，我四處亂逛，正在研究將來有沒有可能在這裡學習時，研究員現身了。

對方是個身穿白衣、戴眼鏡的典型學者。

「成分很特別。」

這是他的第一句話。

「首先，我不認為具有返老還童──也就是活化細胞的功效，即使其中的成分之一是高蛋白……」

「不好意思，專門術語我聽不懂，請簡單說明就好。」我說道。

「好的。其實就是含有提神劑、維他命和蛋白質。這種藥吃了會上癮，簡單地說，就是攙了某種興奮劑的藥。」

「請問，血呢？」

「血？你是說血液嗎？」

「是的。」

「沒有這種成分。再說，血液成分若是經由嘴巴攝取，是沒有任何營養的。」

「查得出在哪裡製造的嗎？」

「不在日本。藥品裡含有這種會上癮的成分，在日本是得不到許可的。更何況，不會有人蠢到同時服用提神劑和興奮劑。」

研究員叼著菸，尋找打火機。我把百圓打火機遞給他，問道：

「假如吃了會怎樣？」

「短時間會很有精神，因為是提神藥和興奮劑嘛，這些東西會發生效用。但藥效一過，整個人會很無力，而且馬上又想吃。要是持續服用，會造成藥物中毒。除了幻覺幻聽之類的中毒症狀，內臟功能也會受損。」

這下子越來越離奇了。睡在大飯店裡的德古拉伯爵，原來是個毒販。

我向對方道謝後，騎著NS400R奔回廣尾。午餐時間已過，我餓得要命。

我在「麻呂宇」點了大盤的義式蕃茄肉醬麵，等了一陣子，正要大啖剛上桌的美食時，店門打開了，出現了一張熟面孔。行動的國家公權力——副室長島津先生，後面還跟著兩個穿深色西裝的大塊頭。

「喔喔喔——」

我揮手招呼，島津先生吩咐隨行者在外面等候，然後在我對面坐下。

「上次真是謝了。」

「哪裡哪裡。冴木在哪裡？」

「不在樓上嗎？」

島津先生搖搖頭，從口袋裡掏出Lark菸，點火。

「我在找他，我手上有些情報他可能用得上。」

我一邊急速把義大利麵塞進嘴裡，一邊問：

「什麼情報？」

「關於在日本的羅馬尼亞人。」

「然後呢？」

島津先生在我耳邊低聲說：

「有德古拉伯爵的後裔。」

我被麵條噎住了，島津先生笑著搖搖頭。

「開玩笑啦！其實是羅馬尼亞的前情報員最近在日本積極活動。」

「前情報員？」

「東歐的情報機關向來歸蘇聯KGB管轄，這些人不服從，並且脫離組織，是一群劣質的低階情報員。」

「那，那些人在做什麼？」

「就是不清楚，我才來找冴木的。那傢伙來問我關於羅馬尼亞的事，我猜他可能有線索。」

「他們是什麼樣的人？」

我推開空盤子，向島津先生討了一根菸。他有點猶豫，但還是從外套的口袋裡拿出三張照片。

「我們知道的只有這幾個。」

第一張是個髮量稀疏、毫不起眼的大叔；第二張是個眼神陰險的殺手型男子。我看到第三張，就開口了。

是那個德古拉。

「看樣子你認得他。他是前羅馬尼亞陸軍情報部的亞爾蓋吉少校。」

我站了起來。這情報非告訴老爸不可。

「這麼重要的事，為什麼昨天不說？」

「今天早上才發現，這些人涉嫌將我國的重要情報賣給蘇聯。」

還好意思講。不過，現在不是追究責任的時候。

我讓島津先生付了午餐錢，率先坐上他的車。

也就是說，那個冒牌德古拉拿吸血鬼當幌子，把假仙丹賣給那些活不了多久又有份量的大人物，然後向他們索取各方面的情報作為回報。

壞事做得越多，臨到老來越怕死。他們就是看準了這一點。

我在前往新宿那家大飯店的路上，把事情原委告訴了島津先生。搞不好老爸被羅馬尼亞情報員抓走了。

「原來如此，作惡多端的人越老越迷信。野野村可能也是其中之一。」

島津先生點點頭。

一到飯店，我和島津先生還有他那兩個威武的部下，直接奔向十三樓的「德古拉之家」。

再也不需要十字架和大蒜了。一想到之前被嚇得發抖，連溫和厚道的阿隆我也氣得想把那個冒牌貨倒吊在十三樓窗外。

抵達十三樓，我朝祭壇走去。當然，那裡看不到安井和野野村，只有那具棺材還在原地，四周沒有半個人。

不過，島津先生和部下初次看到這種奇特的景象，顯得相當驚訝。

「這是什麼?!」

「老爸！老爸！」

我到處叫喚，但沒有回應。

島津先生的其中一名部下走近棺材，戰戰兢兢地正想打開棺蓋時，那個大個子從祭壇後面的陰暗處跳了出來。

「哇——」

島津先生的部下慘叫一聲，被打倒在地。另一名部下正準備掏槍，卻被對方掐住脖子，扔向黑暗中。

大個子以羅馬尼亞語大叫，島津先生臉色發白。

「這傢伙說要殺了我們，吸乾我們的血。」

顯然島津先生也聽得懂羅馬尼亞語。

「你再演啊！冒牌貨！」

我叫道。只見大個子拾起島津先生的部下掉落的手槍，不懷好意地笑了。

「你們，別想從這裡出去——」

竟然講起日語來了，這次的狀況比昨天還恐怖。血被抽光固然可怕，但挨子彈好像更痛。

突然間，棺蓋發出聲響，緊接著嘰嘰嘰地抬起。那個冒牌吸血鬼似乎很吃驚，死盯著棺蓋。

「嘿咻——」

棺蓋打開了，涼介老爸現身。

「冴木！」

「老爸！」

「不許動！」

大個子把槍指向老爸。老爸聳聳肩，那一瞬間，他的右手突然從棺材裡伸出來，手裡握的槍冒出火花。

大個子按住右肩跌倒。老爸將手槍轉了一圈，從棺材裡爬出來。

「十二樓和這具棺材是相通的。有兩個人佯裝成羅馬尼亞商人在樓下睡覺，槍就是從他們那裡拿到的。」

「老爸，你怎麼知道他是假的？」

我拿走大個子的槍，問老爸。

「羅馬尼亞當地的方言不少。這傢伙昨天說的話，在羅馬尼亞語當中，屬於偏多瑙河右岸、靠南斯拉夫附近的方言。外西凡尼亞在多瑙河左岸。也就是說，來自東京的妖怪操著一口大阪腔，所以我才覺得奇怪……」

「唉——」

我一屁股坐下。

「國家公權力又欠了我們一份人情啦。」

老爸看著島津先生，不懷好意地笑了。

「請你們捐個血好了……」

尋找製毒師

打工偵探——尋找製毒師

1

涼介老爸打了一個大噴嚏，整個人反彈了一下。這時候——

「嗶嗶囉嗶——」

電子音嗶嗶作響。

「怎、怎麼樣！」

老爸吸著鼻涕，在口罩底下發出可恥的叫聲。機台的擋板大開，紅燈開始閃爍，接鋼珠的籃子轉眼間就盛滿了。老爸望著籃子裡的鋼珠笑瞇了眼。

店員提著大籃子跑過來，一看是老爸，就以「又是你」的表情瞪他。

這也難怪。因為，這是老爸今天打爆的第五台（註）。

「隆，這樣你知道了吧！跟我比起來，你的技術差遠了。」

註：當時日本的小鋼珠機台多設有額度，即一台機器能吐出的小鋼珠是有定額的（通常為四千或五千，視店家而定），達到額度之後機台必須暫時停用。換成數位機台之後，便逐漸取消了這樣的限制。

而我呢，只能眼睜睜看著小鋼珠在塞進最後五百圓的機台裡一一被吸進去，然後望珠興嘆。

「那是運氣啦，運氣。」

「是技術。你沒有我的天分。」

「這有什麼好得意的。」

我嘆氣。難得星期六放假（註），平常一早就上麻將桌的老爸竟然在房間裡。一問究竟，原來是平常的牌友都感冒了，湊不成桌。

「要打嗎？」

對於這個問題，阿隆我輕鬆帶過。

「父子互打有什麼意思？」

老爸一反往常，好像也感冒了，猛吸鼻子。不巧的是，星期六是掃除日，由香子會過來打掃。自從差點被冒牌吸血鬼攻擊以來，這位來自東北的勤快美眉便留在聖特雷沙公寓，現在是「麻呂宇」的駐店服務生。

她打掃的效率又快又狠，凡是窗戶一律打開，凡是棉被一概搶走，只要是衣服統統丟進洗衣機。

寒風通透的「冴木偵探事務所」沒有我們父子倆的立足之地。

不得已，我和老爸只好到附近的小鋼珠店避難。

這個選擇有對有錯。對的是老爸運氣超旺，錯的是沒考慮到他的身體狀況。

老爸向新的數位機台挑戰時，只見他臉頰泛紅，眼睛布滿血絲。

噴嚏、咳嗽連連，鼻塞、聲音嘶啞。即使如此，他還是不肯離開，機台打爆了一台又一台。

「別打了！要是把運氣用完，搞不好會得肺炎死翹翹。」

阿隆我的忠告也被當成耳邊風。

「這不是運氣，是技術。」

臉被口罩遮住一半的他笑開了。

「都老大不小了……」

話說到一半，一陣嘩啦嘩啦聲讓我回頭。就是有這種迷糊蛋，好不容易打到機台全開，卻失手打翻了整籃辛苦賺來的鋼珠，統統捐給了店家。

迷糊蛋也是我認識的大叔，在附近賣酒。

註：日本公立學校於二〇〇二年起才全面採取週休二日制。一九九二年起每個月第二個星期六放假，一九九五年起第四個星期六也放假。在一九九二年之前則是星期六都要上課，所以，此時的高中生難得在星期六放假。

「啊——啊——」

我低聲哀嘆。大叔嘴巴張得老大，望著通道入口的方向。打翻的鋼珠也滾到我腳邊，我幫忙撿拾，這才注意到他的眼神。

那雙眼睛彷彿冒出了拉霸機裡的紅心圖案，緊盯著一個直接朝我這個方向走來的金髮美女。

洋妞披著深藍色絲巾，穿著連身洋裝，雖有三十二、三歲的高齡，卻是個絕色美女。那雙碧眼極適合出現在豪華絢爛的舞會上，身材更是無敵火辣。

即使在外國人常見的港區，這樣的美女也難得一見。

當然，她身上絲毫沒有經常出入小鋼珠店的氣息。我能理解大叔貪看美女打翻小鋼珠籃的心情。

那個洋妞突然抱住老爸，說了一句：

「涼介！Oh, my darling！」

濃烈的香水味與誇張的動作嚇壞了其他客人，大家紛紛轉過頭來看。

被抱住的老爸嚇得望著她。

「人家好想你！涼介，你該不會忘了我吧！」

「妳、妳……」

日語。

「咱們幾年沒見了？七年？八年？你這人好無情，連封信都不寫。」

四周的人本來就很驚訝，現在嘴巴張得更大了。因為這個漂亮洋妞說得一口流利的日語。

「瓊？」

「對呀！你這個負心人，裝作不認識，還戴口罩遮臉。」

這個被喚作瓊的美女一拉開老爸的口罩，也不管他的小鬍子沾滿了鼻水，噘著嘴就往他的嘴唇印上去。

「妳是什麼時候……」

老爸一開口，店裡剛好響起了〈軍艦進行曲〉，老爸的話被淹沒在音樂聲中，只見他的嘴巴像金魚嘴般一開一闔。

「喂，隆——」

老爸大叫，把裝滿了小鋼珠的大籃子推給回神的我。

「幫我把這個拿去換！我在『麻呂宇』！」

瓊回頭看我，

「Oh, your son?」

然後問涼介老爸。老爸一點頭，我的頭就被瓊按進她那豐滿的胸部裡。我敢保證這胸圍少說也有九十公分。

「Nice to meet you, boy. 我是瓊。」

瓊無限嬌媚地說道，然後也在我臉頰印了一吻。這招呼對於未滿十八歲的青少年來說，未免太刺激了點。老爸簡直是被她拖出小鋼珠店的，他們一走，我也火速撤退。要是有民眾震懾於她的性感而報警，麻煩就大了。

我抱著換來的獎品趕往廣尾聖特雷沙公寓，腦海中立即查驗媽媽桑圭子是否在「麻呂宇」。

幸好。自從由香子留下來幫忙以後，媽媽桑圭子閒著沒事，這陣子熱中各種才藝。今天是星期六，她得連續上社交舞、撞球及撲克牌魔術三堂課，很晚才會回來。要是讓媽媽桑親眼目睹有如夢露再世的瓊色誘老爸，下次續約的房租就漲定了。

老爸也不稍微考慮這一點，做兒子的真的很命苦。

然而，推開了「麻呂宇」的店門，我倒是洩了氣。瓊和老爸雖然在角落的包廂相對而坐，那種氣氛卻和我想像的相差十萬八千里。

瓊蹺著二郎腿，將細長的香菸套在翡翠菸嘴裡，以一種憔悴的神情抽著。老爸則是把口罩拉至下巴，啜飲著咖啡。

吧檯只有星野伯爵一個人，沒有其他客人，由香子好像出去買東西了。

我坐在吧檯，拿出七星菸（Mild Seven）點火。那是用老爸贏的其中一半小鋼珠換來的。

「不管怎樣都不行嗎？涼介。」

瓊問道。語氣與「My darling!」截然不同，顯得很急切。星野伯爵大概是察覺氣氛不對，躲進後面廚房，把門關上。

「不行啊！瓊，我已經洗手不幹了，而且妳也看到了，我感冒了。」

老爸無情地搖搖頭。

「可是我在日本只能靠你了。」

「妳這招對我不管用啦。就算臉蛋長得再漂亮，那層皮底下還是個危險的蛇蠍美人，我早就領教過了。」

Shit! 瓊低聲罵了一句。現場的氣氛怎麼看都不像老情人重逢。

「Boy……」

瓊回頭看我，雙眼湧出了淚水。

「你跟你爸說說，我需要你爸幫忙。」

「瓊，這跟他無關。再說，他不像我拿女人沒辦法。」

那當然。我才多大年紀，要是現在就跟老爸一樣對女人毫無招架之力，那就已經不是好色，而是進入變態的境界了。

「可是，你一定會幫我的。」

我聳聳肩，完全聽不出到底是怎麼回事。

「Boy，我拜託你爸找一個男人，萬一找不到，我就沒命了。」

「聽起來還真可怕。」

「就是呀！」

瓊笑也不笑，正色地點點頭。

「那個人叫『塔斯克』（tusk），是獠牙的意思。他是亞洲人，沒人知道他真正的國籍。本來一直待在美國，我只知道他這個星期到東京。」

「妳是追到日本來的？」

瓊點點頭。

「那傢伙可不是泛泛之輩，隆。在情報界，就算沒見過他，也聽過他的名字。」

老爸以濃濃的鼻音說明道。

「他是什麼人？」

「製毒師。」

「製毒師？」

老爸一臉憂鬱。

「就是調配毒藥的人。換句話說，他是職業殺手。殺人不動刀槍，而是事先決定好日期，調配毒藥，讓目標準時死去。」

「準時啊！」

「沒錯。不管是明天、下星期，還是明年、十年後，『塔斯克』都能讓目標死在委託人指定的時刻。如果『塔斯克』要一個人死在明年的一月一日半夜十二點，那麼，中了『塔斯克』的毒，就會在那個時間死去。」

「好可怕。」

「『塔斯克』還有另一個可怕的地方。」瓊說道。

「『塔斯克』下的毒也決定一個人痛苦的時間。從中毒到感覺痛苦的時間有多久，痛苦到死亡的時間就有多久。好比說你現在中了『塔斯克』的毒，十二個小時以後會死亡，那麼，一開始的六個小時你跟平常沒兩樣，六個小時以後，劇烈的痛苦就會找上你。然後，你要忍受整整六個小時的痛苦再死去。」

「這麼說，如果中的毒長達一年，就要痛苦半年？」

「沒錯。如果是十年，就要痛苦五年。而且，誰都無法阻止這種痛苦，最後終究難逃一死。只有『塔斯克』的解藥才能化解。」

「對於中毒的人來說，這是活生生的地獄，因為得在生不如死的痛苦中等待死亡。『塔斯克』就是一個這麼有價值的職業殺手。」

老爸啜飲著咖啡說道。

「別鬧了！只要跟藥扯上關係，我連感冒藥都討厭，才不想跟這種人扯上關係呢。」

我搖搖頭。

「可是，你們會把他找出來的。」

瓊的眼神發出異樣的光芒。

「什麼意思？」

老爸問道。

「就是你剛才喝下去的咖啡呀。」

瓊平靜地說道。老爸卡鏘一聲，把咖啡杯放回杯盤上。

「我在美國一直追查『塔斯克』，因為我想偷他的技術。好不容易找到他，也接近他，但他看穿了我的身分，對我下毒。不過，我也從他那裡偷到毒藥，我想靠分析成分來調配解藥。」

「結果呢？」

老爸的語氣變得很嚴肅。

「還是不行。不管拿去什麼醫學研究所，都解不開『塔斯克』毒藥的謎團。『塔斯克』不肯說我中的毒何時發作。我說過了，我是拼了命的！涼介，你剛才喝的咖啡，攙了『塔斯克』的毒藥，四十八小時以後會致命，那就是我偷出來的。」

老爸如砲彈般衝出包廂，奔進廁所。

瓊冷冷地告訴在一旁傻眼的我：

「『塔斯克』來日本工作。如果不找到他，拿到解藥，你爸就會死。你爸還有二十四小時能活動，四十八小時以後，你就是孤兒了。」

2

瓊表示，即使馬上催吐，毒藥依然有效。在「塔斯克」攜帶的藥劑當中，除了「塔斯克」本人，只有她知道哪些是解藥。所以，找到「塔斯克」以後，務必通知她。說完這些，她就離開了「麻呂宇」。

「可惡，臭狐狸精！」

老爸一臉鐵青，癱在「麻呂宇」的沙發上。

情況緊急。不找出製毒師，「冴木偵探事務所」就要失去老闆了。

「那女人到底是何方神聖？」

「她是接案子的跑單幫客。這業界不適合女人，但其中也有高手。這些女人比一般跑單幫的還危險，瓊就是個例子。她以漂亮臉蛋和身材為誘餌，竊取情報、出賣委託人、暗殺——在惡質的同行裡也算是數一數二的。」

「女人真可怕。」

老爸閉上眼睛。

「特別是跑單幫的女人更可怕。」

「你們以前就很熟？」

「是啊，曾經是敵人也是夥伴。她是看酬勞選邊站的，我被她出賣也不止一、兩次了。要不是中了她的計，我還真想在一旁欣賞她中毒以後痛苦的模樣。」

「聯絡國家公權力……」

「沒用。『塔斯克』是職業級的，國家公權力一有動作，他馬上會察覺，然後遠走高飛。這麼一來，隆，你就是遺產繼承人了。」

「別鬧了。要走也得先賺到遺產再走。只留下借款、人情債和女人的怨恨一走了之，我可是敬謝不敏！」

我說道。這一次，真的連阿隆我都笑不出來了。

「我知道。」

說完，老爸猛烈咳嗽，嚇得我心臟差點停止，不過那似乎是感冒造成的。

「如果瓊的話可信，那我還有二十四小時。在那之前，要把『塔斯克』找出來。」

我望著「痲呂宇」牆上的咕咕鐘，下午四點十分。意思是說，「冴木偵探事務所」的社長和助手的時限是明天傍晚以前。

到了後天傍晚……，一想到就寒毛直豎。涼介老爸會痛苦一整天以後死掉。

「老爸，別浪費時間了。」

「是啊！瓊沒有『塔斯克』的照片，不過她把特徵告訴我了。『塔斯克』是個五十幾歲的東方人，諳流利的中、英、日、韓語，本身有好幾本假護照。換句話說，他可以扮演亞洲任何一國的人。」

「好專業。」

「毫無疑問的。職業殺手一旦完成工作，在委託人眼裡就是一個麻煩。曾利用『塔斯克』並打算除掉他的人或組織大概多到數不清，不過他還是活得好好的，可見得相當謹慎。」

「『塔斯克』是因為瓊認得他，才打算滅口嗎？」

「也許。不過最主要的原因應該是她想偷技術吧。『塔斯克』是全世界最高明的製毒師，商業機密被偷，不可能悶不吭聲。」

「她為什麼要做那種事？」

「多半是看準了無論哪個國家的情報組織，『塔斯克』的技術都能以高價賣出吧。她也老大不小了，可能是想跟『塔斯克』競爭，從事製毒生意。」

「她又沒多老……」

「別看她那樣，已經三十八歲了，雖然還是一枝花，但在跑單幫這一行已經是老太婆了。」

「媽呀，真是怪物！」

「她是真正的怪物。連什麼時候在咖啡裡下毒，我都沒察覺。」

「『塔斯克』有什麼特徵？」

老爸閉上眼，按摩太陽穴。該不會是毒性開始發作了吧，他一副很難受的模樣。

「膚色白，體型肥胖，左手總是戴著一只鑲了大顆土耳其石的戒指。」

「就這樣？」

「相當好色，身邊好像少不了女人，而且特別喜歡年紀足以當他女兒的年輕女孩。」

「難怪瓊會失手……」

有戀童癖的製毒肥佬真是太可怕了，聽起來像個變態殺手。我猜他殺了人以後一定會露出奸笑。

「那我們現在從哪裡找起？」

「飯店吧。『塔斯克』是出了名的喜歡享受上流生活。如果住飯店，一定會選擇東京都內一流的大飯店。」

連一分一秒都不能浪費。我和老爸分頭調查八家知名的大飯店。

但是，連對方的姓名都不知道，哪一國人也搞不清楚。飯店對於客人的資料相當保密。如果是國家公權力也就算了，要是我們跑到飯店櫃檯問：

「有沒有像這樣的人住在這裡？」

絕對會被攆出來。

我先跑到附近的花店，請店家配了一把特大號的花束，順便在一件素面連身工作服上噴寫「FLOWER MESSAGE」的字樣。

一切準備就緒，已經過了下午六點。我把裝在透明塑膠盒的花束綁在NS400R上，奔向最近的O飯店。

我把機車停在顯眼的地方，抱著那盒花跑到櫃檯。我身上還帶著幾張假傳票。

「不好意思，有人叫我送花過來，收件人是你們的客人……」

我向櫃檯人員提出傳票。收件地址是「O飯店」，收件人的名字故意寫得亂七八糟，讓人無法辨認。

「請問要送給哪位客人？」

我把寫得很潦草的字母拿給一本正經的櫃檯小姐看。

「這是什麼？我看不懂耶。」

「是啊，所以我也很傷腦筋。應該是東方人，對方要我在七點以前送到……」

「是我們這裡的客人嗎？」

我把住址的「O飯店」指給她看。

「我想是幾天前就住進來了……。膚色白，大概五十歲左右、體型胖胖的先生。」

「是一個人嗎？」

「這我就不知道了。」

櫃檯小姐遂與其他同事討論。可憐的送貨員阿隆露出不知所措的表情。

「有沒有其他特徵？」

「對了，他的左手戴著一個很大的綠色戒指。」

連服務中心的領班都被問到了。雖然服務是他們的本行，但也真是辛苦他們了。

在詢問過好幾名員工，經過一番討論後，終於得到結論：

「看樣子，你說的這位先生似乎沒有在這裡投宿。」

「不好意思，那我再去別的地方問問看。」

我迅速行了一禮，回到NS400R旁。在這之後，芝公園和赤坂的飯店都由我負責。不知道老爸用什麼手法，不過他現在應該在新宿和日比谷的飯店打聽。

芝公園的飯店也沒有。我到赤坂的飯店時，已經八點半了。

我在途中曾經打電話回「麻呂宇」，星野伯爵說老爸還沒有消息。

赤坂的飯店也撲空了，對方表示並沒有那樣的客人住宿。

但是人的記憶力不全然可靠。只見過一次，當然有可能忘記。我好想抱著花束去敲每個房間的門。

這麼做不但引人側目，還會馬上被趕出來。

結果，我負責調查的飯店一無所獲，只想就地臥倒的疲勞排山倒海而來。

已經九點多了。事到如今，只好指望老爸了。我強忍著飢餓和想哭的心情，跨上了機車。

老爸沒有來電。我在「麻呂宇」的角落，吃著星野先生做的漢堡排餐時，店門開了，我的家教麻里姊以和服裝扮現身。

「阿隆！我聽星野先生說了，涼介出事了？」

「妳怎麼了？怎麼穿著這麼華麗的振袖和服(註)？」

「相親呀。」

「相親？」

「我爸媽說是為了將來預演——開什麼玩笑！這不重要。涼介呢？」

「我想他還活著……」

「到底是怎麼回事？」

「被下毒了。」

我把情況大略說了一遍。麻里姊越聽臉色越難看。

「怎麼會有那種女人！要是涼介有什麼萬一，我要她償命。」

不愧是混過飆車族的。但是，就算是麻里姊也對付不了這次的對手吧。

「那個叫瓊的白種女人現在在哪裡？」

「說在六本木的飯店，等我們聯絡。」

我說完這句話，才發現還沒找過六本木那家飯店。姑且不論那家飯店是不是一流，那裡的賣點是嶄新而美侖美奐。

「麻里姊，妳待在這裡！」

我站起來。有時候真的是遠在天邊，近在眼前。

「阿隆！」

我不理她的叫喚，跳上了停在「麻呂宇」前的NS400R。

「哦，是的，有這位客人。梁先生，我記得應該住在十一樓的套房。」

我聽到櫃檯人員的這番話，膝蓋差點脫力。終於被我找到了！

「請問是十一樓的幾號房？我必須請他簽名。」

「一一八〇號房，但是梁先生外出了，如果需要的話，我們可以代收……」

我搖搖頭。要是交給櫃檯，讓「塔斯克」提高警覺，一切努力就白費了。

「我明天再送過來。」

我不讓對方多說，轉身就走。現在最重要的是，得聯絡瓊和老爸。

註：日本未婚女性的代表性禮服。除了成人禮之外，平時參加婚禮、喜宴等正式場合也都會穿著，色調鮮豔，搭配日本傳統的花鳥風月圖樣，最能展現日本年輕女性之美。

我決定先離開飯店。再拖下去，萬一梁先生回來，情況就麻煩了。雖然不能保證櫃檯人員不會多嘴，但至少可以推說認錯人。

我一離開飯店大廳，就走到下一層樓打電話。

先打到「麻呂宇」。

「喂……」

「是阿隆嗎？我是星野。」

接電話的是星野先生，聲音聽起來很緊張。

「我想找麻里姊或我爸。」

「這個……」

「怎麼了？」

「是這樣的，剛才涼介先生回來了，但是發高燒昏倒了……」

「咦！」

「現在在事務所躺著，麻里小姐和圭子媽媽正在陪他。」

「這麼嚴重？」

「連一步都走不動……」

我看看手表，還不到十一點。「塔斯克」的毒性發作也未免太早了。但是，萬一瓊搞錯毒藥的話……

我頓時冷汗直冒。

老爸從中毒到倒下的時間是六個小時，這麼一來……

不得了了。

瓊對老爸下的毒可能不是「四十八小時」，而是「十二小時」。

「知道了。」

「要叫救護車嗎？」

我咬住嘴唇。就算叫了也沒有用。瓊曾經這麼說過，「只有『塔斯克』的解藥才能化解『塔斯克』的毒。」

要是被帶去醫院，反而更難服下解藥。

「不用了，讓他躺著吧。我一定會想辦法的。」

「可是……」

「拜託你了。」

掛斷電話之後，我替自己打氣。

振作一點，冴木隆。現在能救涼介老爸的，只有我了。

我做了一個深呼吸，按了飯店總機的號碼。

「喂，○○飯店您好。」

「麻煩請轉接八二一號房的瓊．里格小姐。」

「請稍候。」

還有六個小時。老爸的命還剩下六個小時。

緊握的聽筒傳來接通的鈴響聲。

快接、快接啊！臭狐狸精！

響了十幾聲之後，電話轉回總機。

「很抱歉，好像無人接聽。」

究竟死到哪裡去了！我簡直是用摔的把話筒掛回去。

我靠著電話亭，掏出香菸。

遇到這種情況，必須格外冷靜。

我把僅有的情報一一例出來。

「塔斯克」以「梁先生」的身分住在這家飯店。雖然不清楚他的解藥是隨身攜帶還是寄放，但應該就在不遠處。

瓊追著「塔斯克」來到日本，是為了自救。但是，她和老爸不一樣，她還不會死。中了「塔斯克」的毒，死前會痛苦一段時間，這與中毒到發作的時間一樣長。

就算瓊現在開始痛苦（活該），應該也有好幾天和好幾個小時。

我能做的，或說我非做不可的，有以下幾個選擇——

一是盡快找到瓊。

另一就是不靠瓊，自己拿到「塔斯克」的解藥。但是，我不知道藥在不在「塔斯克」的房間裡，就算在，我也不知道哪個是解藥。

我抽了一根又一根的菸。年紀輕輕就抽得這麼凶，將來八成會得肺癌，但是這世上也有人跟老友喝上一杯咖啡，壽命就縮短成十二個小時，誰還管得了幾十年以後的癌症啊。

要潛入「塔斯克」的房間嗎？

或許可以想辦法打開門鎖。但是，人不在還把吃飯的傢伙放在房間裡，「塔斯克」不至於這麼粗心吧。

我想，還是以「塔斯克」隨身攜帶解藥的推測比較合理。

我又打了一次電話到瓊的房間。

她還是不在。

我摔了話筒。遇到這種情況，如果是涼介老爸，他那個裝傻的腦袋一定會想出一個絕妙的主意。

但這次不能指望他了。

怎麼辦……

怎麼辦？冴木隆！

3

那男人踏進大廳的那一瞬間，我就知道他是我要找的「塔斯克」。膚色白皙，一副有錢胖子的模樣，身穿粗花呢外套，繫著圓點領帶，以那雙小眼睛神經兮兮地察看四周。

晚上十一點三十分。老爸的壽命剩下不到五個小時。

「塔斯克」在腋下牢牢夾著一個以前醫生會帶的黑色手提箱。

我躲在大廳的柱子後面，看到「塔斯克」在櫃檯領了鑰匙。

在大廳逗留的客人變少了，剩下角落沙發上的一對情侶。「塔斯克」從他們旁邊經過，走向電梯。

他若無其事地、色迷迷地盯著女孩迷你裙底下的那雙腿。

電梯門一開，「塔斯克」走進去，我也跑了過去。

我還是穿著花店的工作服，抱著那盒花束。

我用肩膀頂開正要關上的電梯門，搭上「塔斯克」的那班電梯。

我先看他按了十一樓的按鈕，才按下十四樓。

「塔斯克」緊貼著牆站定，以平穩的視線看著我。我若無其事地避開他的眼神，整理盒上的玻璃紙。

上升的電梯發出叮的一聲，停下來。十一樓到了。

我手心滿是汗水，悄悄將右手伸進工作服的口袋。裡面有一把我從房務部的推車摸來的小刀。

這種手法略嫌偏激又沒品，但為了救老爸，這也是逼不得已。

電梯門開了，「塔斯克」朝出口邁出一步。

我立刻從後面勒住他的脖子，左手按住他那肥滋滋的喉嚨，用刀子抵住他的脖子。

「皮箱交出來。」

「塔斯克」什麼也沒說，抓住皮箱的右手鬆開，皮箱咚的一聲，發出沉甸甸的聲音掉落在電梯地板上。

我在他背上一推，同時以握住小刀的拳頭敲敲電梯的「關門」鍵。

體重不輕的「塔斯克」踉蹌了兩、三步，當他轉過頭來時，電梯門已經關上了。

電梯再度上升。我撿起皮箱，在十四樓走出電梯。

我朝著走廊盡頭的緊急逃生梯狂奔而去。

這一切簡單得太離譜了。

我跑到逃生梯的樓梯間，顧不得六本木耀眼的夜景，把皮箱放在膝頭。

皮箱的箱蓋以一個牢固的鎖鎖住。我把小刀插入金屬片與皮革之間的縫隙再撬開。如果裡面有藥，瓊應該分辨得出來。萬一找不到瓊，搞不好我也能看出哪個是解藥。

我把好不容易拆下來的金屬鎖從十四樓往下一扔，打開箱蓋。

皮箱裡只有一本英文版的Tokyo Telephone Guide：一本電話簿。霎時渾身冰涼。

我上當了。

這個大皮箱，是專為那些衝著毒藥或解藥而來的人所設下的陷阱。

我把手伸進皮箱裡摸索，看看有沒有別的東西。什麼都沒有，連一點垃圾、一片紙屑都沒有。

我蹲了下來。

把刀子和皮箱上的指紋擦掉，使勁地往樓下丟去，翻轉著墜落的皮箱被建築物後面的鍋爐蒸氣吞噬，不見蹤影。

又回到了原點。

不，比原點還糟。不但浪費了時間，還讓「塔斯克」發覺有人盯上他。我慢吞吞地走下逃生梯。難怪「塔斯克」一聲不哼，也沒追來，他現在一定在房間裡捧腹大笑。

到了一樓，我嘆了一口氣，抬頭看著飯店。「塔斯克」不到天亮恐怕不會離開房間一步吧。到時候，老爸已經斷氣了。

我再度回到建築物裡面，走向內線電話。這棟建築物不全是飯店，還有電視台的攝影棚、公司的辦公室、餐廳和酒吧等等，所以一樓很熱鬧，人也很多。

瓊的房間仍然無人接聽。這就怪了。

就算她的情況沒有老爸危急，這位夢露小姐也沒有多少時間了。更何況她應該知道涼介老爸萬一拿不到解藥，解藥自然也到不了她手裡。

難不成毒藥比預期的提早發作，她的屍體已經在八二一號房內漸漸變涼了？

我叼起香菸。今天的菸量是我平常的三天份。這樣子抽菸，對於一個正在發育的高中生當然不可能有好處。

我把空菸盒擰成一團，用力丟進垃圾桶時——

「隆！」

有人叫我，我回頭一看——

是穿著超長制服的康子。無論時間、地點，這身打扮都格外引人注目，她本人卻毫不在意。

「在這裡幹嘛？」康子劈頭就問。

「妳呢？要去打人嗎？」

我發現她的制服領口插著木刀鞘，便這麼問。那是她的戰鬥服。

「答對了。」康子嚴肅地說道。

「我們J學園的學生上了邪教團體的當，被抓走了。我現在要去搶人。既然當了大姊頭，就得照顧同學。」

「邪教團體？」

「說什麼信教以後成績會變好，有人就上當了。不過，那個團體背後好像有什麼不好惹的大人物，那個女同學打給我，表示對方叫她獻身給這家飯店的某位客人，她只好從飯店房間打電話向我求救。」

「既然有空打電話，幹嘛不逃？」

「她是從浴室裡打的。說對方是外國人，住在套房。」

原本心不在焉的我猛地回過神來。

「那個外國人住幾號房？」

「一一八〇。」

是「塔斯克」。

「康子！」

「幹嘛？突然叫這麼大聲。」

「現在沒空跟妳解釋，但涼介老爸是死是活，全看套房裡的那個外國人了。」

「怎麼回事？」

「老爸現在一腳踏進了鬼門關。妳要幫我。」

「什麼?!怎麼幫？」

「妳說的那個宗教是什麼樣的團體？」

「我也不太清楚，不過很大，跟政治家也有牽連。」

「很大……」

「不是經常在媒體上看到嗎？有個教祖大人，信眾說什麼教祖是活神仙之類的屁話……」

既然會安排女人給「塔斯克」享樂，可能是委託他下毒。

「真是的，表面上人模人樣，背地裡卻骯髒下流的傢伙太多了。」

「叫什麼名字？」我問道。

「叫什麼來著……，我上次才在週刊上看到廣告。就是教祖一病不起，家族起內鬨……」

「金禮教團？」

「對對對。在澀谷附近拉年輕學生入教。」

這是一個新興的宗教團體，在活動內容和財務方面有很多不透明化，問題相當大。據說他們的執行部拉藝人信教，表示能增加影迷歌迷和支持者，他們也反過來從信徒中培養藝人，許多幹部搞詐欺比傳教更拿手。

自從那個「活神仙」教祖大人病倒以來，鬧出種種家醜紛爭，為電視傳媒提供了不少話題。

「老爸中了一一八〇號房那個外國房客的毒，快死了。」

「咦！」

「解藥只有那個外國人有。如果不在四個小時內服下解藥，那就再見了。」

「這可不得了！咱們趕快去修理那個外國人！」

「他不是普通人，不能用一般手法對付。」

我把電梯裡的突擊完全被破解的事告訴康子。

「這樣啊……。首先要想的，就是怎麼進房間了。」

康子咬著嘴唇。

「那個女生暫時沒有危險吧？」

「嗯，她叫由紀，把自己關在浴室裡。」

我立刻動腦思考。

「既然這樣，我們就假裝是來說服由紀的金禮教教友，怎麼樣？」

我說道。他們應該是叫由紀在房間裡等，「塔斯克」回來以後，她才知道自己被當成活人獻祭。

「行得通嗎？」

「這就要看康子的演技了。」

「塔斯克」現在一定也很頭痛吧。他也想避免事情鬧大或演變成糾紛。

沒時間了，只能放手一搏。

我和康子簡單討論以後，拿起話筒撥打內線。

按下了「一一八〇」。

一陣鈴聲之後，一個男人以不太高興的聲音接聽。

「喂……」

「請問是梁先生嗎？我是金禮教團青年部。」

「你們搞什麼東西?!跟講好的不一樣嘛！」

「塔斯克」一接起電話就開罵。

「我算是你們執行部的貴賓，你們委員長沒說嗎?!」

「有的，我們都知道。委員長交代千萬不能失禮……」

「那你就管一管浴室裡那個女孩子！害我連廁所都不能用！」

「我們已經派青年部的其他人過去了……」

「其他人？」

「塔斯克」的聲調變低了。

「是的，是一個非常乖巧又溫柔的女孩。請梁先生先讓房裡的女孩回來，由這一位為您服務。」

「上了年紀的可不行哦。」

「十七歲，seventeen。」

「那好。快點，我等你們。」

電話一掛斷，耳朵貼在另一側聆聽的康子就啐道：

「色狼！」

「妳在進去之前，先披上羊皮裝乖孩子。」

我說完，又打了一次「八二一」的內線電話。

瓊還是沒接。

「好，快去修理他。」

我攔住焦急的康子，要求她把領口的白木刀鞘藏進裙子裡。

我們的辦法很簡單。康子一進房間，先吸引「塔斯克」的注意，再把門鎖打開。

「塔斯克」一定很謹慎，不過浴室裡還有個女孩。

我設法溜進一一八〇號房。

我們禁不起任何失誤。對方可是縱橫國際的職業殺手。這次要是失手，別說是老爸，連我們都有生命危險。

但就算一切順利，解藥能否輕易到手也是個問題。

「隆——」進了電梯以後，康子說：「好久沒看到你這麼正經了。」

4

十一樓的走道上不見人影。「塔斯克」一定會確認康子是不是一個人來。

我緊貼著電梯穿堂的牆壁。就算「塔斯克」走出一一八〇號房在走廊上探看，也不容易看到這個位置。

康子看到我以眼神示意，便朝走廊走去，站在一一八〇號房門口。

她做了一個深呼吸，摁了門鈴。

過了一會兒，門開了，但門鍊沒解開。看樣子，對方是在確認有沒有陷阱。

門又關上，門鍊被解開。康子走了進去。

「慢著！」

有人出聲制止。

我立刻縮了回來。果不其然，「塔斯克」正在查看走廊。

不久，傳出關門聲，我探頭出去。康子消失在一一八〇號房。

我避免發出任何聲響，悄悄靠近一一八〇號的門。

依照我們先前所討論的，康子勸由紀從浴室裡出來，藉口先讓她回家，要求她離開那間套房。等她一出來，就換阿隆我溜進去。

「塔斯克」送客時，或許不像放人進去那麼小心，說不定有機可乘。

要是沒有，康子就要抽出她的白木刀了。

麻里姊的剃刀也好、康子的匕首也罷，在冴木偵探事務所附近，精通武器這一類無益於新娘課程的女子也太多了。

午夜十二點一過，飯店客房的樓層鴉雀無聲。

我抱膝坐在走廊上，耳朵貼著房門。

門的彼端傳來康子的說話聲，以及「塔斯克」的低沉嗓音。感覺好像是「塔斯克」正在責備康子。

不久，聽到咚咚聲。康子正在敲浴室的門。

浴室靠近走廊，所以敲門聲很清晰。

「由紀……，是我，康子。已經沒事了，出來吧！」

由紀對於我們的計畫完全不知情，萬一說了什麼讓「塔斯克」聽出康子與金禮教團無關的話，那就萬事皆休了。

喀嚓，浴室的門打開了。

「康子同學……」

圍城顯然解禁了。

「好了，什麼都不必說，回去吧。」

「可是教團那邊……」

「我會處理的……」

「康子同學會處理……」

「對！由我來接待這位先生。」

「咦？」

難怪她很驚訝，她一定不敢相信這是強硬派康子會說的話。

「梁先生，請讓她回去。」

康子說道。我立刻站起來。

裡面傳出開鎖聲，門鍊也被迅速解開。

門開了，一個乖巧的女生被推出門外。她沒穿制服，一身開襟罩衫及百褶裙裝扮。

她一發現我，哭腫的雙眼睜得好圓。我立刻舉起食指按著嘴唇，向門縫伸出腳。

就在這一瞬間，康子抓住我的手把我拉了進去。

那是套房裡的客廳，擺著沙發和茶几，沒有床，窗邊有吧檯。

臥室似乎在另一個房間。

「塔斯克」坐在吧檯，背對著我們。

康子微微點頭。

「梁先生。」我上前說道。

「塔斯克」緩緩轉身，戴戒指的手搖晃著白蘭地酒杯，臉上並沒有驚訝的表情。

「是你啊……」

「塔斯克」那雙小眼睛在兩頰肥肉的夾擠下形成一條線，他注視我們說：

「看來，光是搶走我的皮箱，你還不滿意。」

「少裝蒜了！」

康子開口就嗆他。我以眼神制止，平靜地說：

「剛才的事我很抱歉，因為沒時間了，我只能那麼做。」

「什麼意思？」

「塔斯克」舉起酒杯。

「『塔斯克』的毒發時間。」

「哦？我不懂你在說什麼？」

「你這個混蛋……」

康子上前，迅速掀起裙子，抽出插在吊帶襪上的白木刀。

「你再睜眼說瞎話，我就剁碎你的舌頭！」

「我們知道你就是人稱『塔斯克』的製毒師。我想救被你下毒的人。」

「那是不可能的……」「塔斯克」說道，「他已經沒救了。」

我頓時渾身冰涼，康子也愣住了。

「那種毒一年以後才開始發作，這段期間已經滲透全身，沒救了。當然，什麼醫生都救不了他。」

「一年？」

不對，奇怪，有問題。涼介老爸一年前就被下毒了嗎？

「請等一下。我爸是八小時前被下毒的。」

「你爸？」

「塔斯克」皺起眉頭。

「你不是教祖的孫子，你是他兒子嗎？」

我強忍著想發出「咦」的心情。原來臥病不起的金禮教團教祖，是中了「塔斯克」的毒。

「我爸和金禮教團沒有任何關係。是一個叫瓊的女間諜從你這裡偷了毒藥，向他下毒的。」

「瓊？」

「塔斯克」搖搖頭。

「看樣子，你們找錯門路了。我不認識叫瓊的女人，我吃飯的傢伙也沒被偷。」

「等一下，她是個金髮碧眼、身材火辣的白種女人……」

「塔斯克」聳聳肩。

「我對身材火辣的女人沒興趣。我喜歡的是像剛開始膨脹的花苞般纖細的少女。」

「也許吧。但是……」

「你們帶給我好大的麻煩。」

「這一點我道歉。但無論如何，我必須把你的解藥帶回去。」

「我沒那麼強悍到跟青少年幫派火拼，也沒有蠢到想那麼做。」

「塔斯克」的手動了一下。從右手的袖口滑出一個黑色金屬管，握在掌心。

「這裡面有強力彈簧和細針。真的很細，肉眼幾乎看不見，而且塗有劇毒，中針之後活不了一分鐘。」

「……」

我和康子彷彿被澆淋接著劑，絲毫不敢動彈。

「這是我吃飯的傢伙，其實我不想用在賺不了錢的事情上。」

「塔斯克」搖搖頭。

「變態！殺人兇手！」

康子咒罵。「塔斯克」抿著嘴笑了。

說真的，要不是處在這種場面，我簡直要佩服自己料事如神了。

「慢著！你和我們都被那個叫瓊的狐狸精耍了。」我不死心地說道。

「或許吧。不過那一點也不重要。」

「塔斯克」撇了撇厚唇又笑了。

「我要你們從這家飯店的逃生梯跳下去，演出小情侶殉情記。」

完了、完了、完了。

死到臨頭，我總算看出整件事的來龍去脈。

老爸根本沒被下毒，這一切都是瓊安排的。

瓊為了拿到「塔斯克」的解藥，不必親身涉險，設計了我們父子。

老爸會昏倒純粹是因為感冒，只是發燒燒過了頭。

即將被真正毒藥奪走性命的，是可憐的阿隆和康子。

就在這時候——

「叮咚——」

門鈴響了。

「塔斯克」的視線有一瞬間轉向門口。阿隆我想起過年期間，在家裡連看了三天的橄欖球比賽，拼死擒抱。

只聽咻的一聲，有銳器刺進身後的鋼門。

我頓時像彈簧般，朝「塔斯克」看似柔軟的小腹猛力撞過去。

「塔斯克」的身體飛了起來，越過吧檯，撞上窗邊的酒架。駭人的毒針離開了他的手，拋向空中。

「塔斯克」遠比我想像中耐打，儘管碎玻璃刺得他滿臉鮮血，他仍然爬起來。

他伸出圓滾滾的拳頭閃電一擊，我立刻眼冒金星。是拳法。其敏捷度與肥胖的身軀毫不相稱，他靈活地送出一拳又一拳。

勉強以膝蓋著地的我，察覺側面飛來一記又快又狠的回旋踢，千鈞一髮之際，我屈身躲過，朝「塔斯克」的心窩使出一記直拳。

他以左肘輕易擋住我的直拳，以併攏的指尖戳刺我的咽喉。

劇痛讓我在地板上翻滾。他實在太厲害了，我的拳擊根本傷不了他。

「塔斯克」以滑步輕快地走近我，朝單膝跪地的我一踢。

既然如此，只好玉石俱焚了。我側身以肩膀挨了這一腳，奮力伸長右手。

在衝擊之下我差點被踹開，但右手抓住的東西撐住了我。

「塔斯克」大叫一聲，因為我全身的重量都掛在他的重要部位上。

他以手刀砍我右肩，我瞬間閃過，鑽進他的雙腿之間，牢牢抓住那個重要部位，繞到後面。可能是大肚腩的贅肉礙事，他伸手搆不到下半身。

「小鬼！放手！」

誰要放啊。我用力一擰，「塔斯克」的身軀像一條上陸的魚瘋狂扭動。

「看我的！」

康子拿起掉落的酒瓶往他頭上猛敲。

酒瓶發出沉悶的聲響，碎了，而「塔斯克」也失去力道，軟綿綿地癱倒。

我總算放開他的胯下，無力地坐倒。

「塔斯克」翻著白眼昏了過去。

「叮咚——」

門鈴再次響起。我的咽喉痛得連氣都喘不過來，以手勢要康子去應門。

康子把手上的碎酒瓶往地上一扔，朝大門走去。

「哪位？」

「那個……我是由紀，我忘了拿外套……」

一副要哭的聲音從門的彼端傳來。頓時虛脫的我，在地上癱成大字型。

5

「你們打算拿我怎麼樣？」

我們用客房裡的浴袍腰帶把「塔斯克」綁起來，他在清醒之後這麼問道。

「這個嘛，該怎麼辦呢？」

我說道。我讓他坐在沙發上，把毒針擺在他前面的茶几上。

「對你而言，我們的誤會造成了你的困擾，反正你幹的是殺人行業，應該早就有心理準備了吧。」

「塔斯克」閉上眼睛。康子拿著濕毛巾替他擦拭滿臉的鮮血。

「要是殺了我，你們就永遠拿不到解藥了。」

「那也沒關係。」

「你父親不是中了我的毒嗎？」

「關於這一點，你已經回答過了。你說毒劑並沒有被偷。」

「慢著，我不認識叫瓊的女人，但是我和一個叫琳達的金髮洋妞來往過幾次。搞不好……」

「這傢伙真怕死。」

康子譏笑他。我拿起毒針。

「把這個打進你的身體就行了，然後再替你鬆綁。」

「塔斯克」笑了笑。

「你很聰明。比我至今見過的多數罪犯和探員都聰明多了。」

「還有人更聰明，我就是被她的計策耍得團團轉。」

「塔斯克」嘆了一口氣。

「看樣子，我該退休了。」

「在你們的世界，退休就意味著死亡吧。」我把玩著那支毒針說道。

「要殺我？」

「就算我不動手，也有人會動手吧。」

「我們來交易吧。」「塔斯克」說道。

「把我的技術賣給大組織，以保障我的人身安全。」

「有這麼容易嗎？」

「我有保險。」

「保險？」

「至今我受誰之託、殺過哪些人，我全列了名單，交給律師保管。」

「原來如此。」

這份名單一公開，恐怕有很多人陷入恐慌。為數眾多的企業、政治家，甚至國家政府，委託「塔斯克」幹過什麼齷齪事，全都會被抖出來。

「我沒有殺你的意思。」我很乾脆地說道，「但是你得告訴我，你來日本的目的。」

「工作啊！」

「我知道。是金禮教團僱用你的，現在臥病不起的教祖就是中了你的毒。換句話說，你曾經受人之託，要教祖的命。所以我的問題是，這次的工作內容究竟是什麼。」

「……」

「塔斯克」陷入沉默。

「先說清楚，我和金禮教團沒有任何關係，我只是個普通高中生。」

「所以我是栽在一個高中生手上？」「塔斯克」心有不甘地低聲說道。

「好吧，那就告訴你。我這次來日本，是為了延長瀕死教祖的性命。」

「為什麼？」

「金禮教團目前分裂成兩派互鬥，分別是教祖派和反教祖派。一年前委託我的是教祖派。」

「這怎麼說得通？」康子說道。

「不是的。教祖派的幹部基於營運教團的高度政治考量，決定暗殺教祖。」

「怎麼回事？」

「教祖有個兒子，原本應該繼承衣缽。教祖現年已經八十幾歲了，兒子也將近五十歲。但這對父子有很深的歧見，教祖不信任兒子，無論如何都不想把位子讓給他。」

「所以？」

「所以教祖派擁立的是教祖的孫子。這個孫子不滿二十歲。依金禮教團的法典，未滿二十歲的人無法接受活神仙的儀式，也就沒有資格當教祖。」

「為時兩年、毒性一年以後才開始發作，就是為了這個原因？」

「對！教團內部有跡象顯示，要是教祖太長壽，反教祖派的兒子可能會獨立。於是教祖派暗中運作，讓教祖臥病在床，也讓兒子那邊有所期待。」

「也就是說，讓他們以為教祖會在孫子滿二十歲以前死亡？」

「塔斯克」點點頭。

「然而，我調製的毒藥，會讓教祖在孫子滿二十歲的生日當天死去。」

「可是，等孫子當上了新教祖，兒子還是會搞分裂獨立吧？」

康子提出了相當敏銳的問題。

「教祖派就是擔心這一點，所以才委託我，把毒發時間改成兩年零三天，也就是在孫子就任新教祖的儀式結束之後，讓教祖多活三天。」

「意思是要他支持新教祖之後，再駕鶴西歸？」

「塔斯克」點點頭。

「這種事辦得到嗎？」

「辦得到。不僅辦得到，就連化解毒性也不是不可能。」

「那就要靠解藥了。」

「對。雖然我剛才說沒救，其實還是有可能。」

「你們也太過分了吧！把老人家的性命當成橡皮圈，一下子拉長一下子縮短！」

康子生氣了。「塔斯克」冷漠地抬頭看她。

「這在教團內部也只有極少數人才知道。」

「反教祖派知道這些行動？」

「當然不知道。」

不，他們知道。瓊一定是受僱於反教祖派，前來妨礙「塔斯克」的工作。

不僅如此，她還希望搶到「塔斯克」的毒藥，提早教祖的死期。我想一想，於是開口說：

「那麼來交易吧。把你的毒藥交出來。」

「你打算做什麼？要我背叛委託人嗎？」

「不。」

我搖搖頭。

「你會確實完成你的工作。」

我載著康子回到聖特雷沙公寓時，已經凌晨兩點半了。

我抬頭看向二樓。「冴木偵探事務所」的窗口燈火通明。

我們爬上公寓的樓梯，門沒鎖。

我輕輕開門，看到麻里姊趴在那張捲門桌睡著了，可能累了吧。老爸臥室的門敞開著，媽媽桑圭子在床邊支著頭睡著了。

我悄悄走到床邊，摸摸老爸的額頭。

「我沒事，燒已經退了。」老爸閉眼低聲說道。

「只不過壽命剩下兩個小時了。瓊那女人竟然搞錯，給我下了十二個小時的毒。」

「很痛苦嗎？」

「不會。怪就怪在這裡，我一點都不痛苦，沒想到還能死得這麼舒服。」

老爸一心以為自己會死。康子噗哧一聲，差點笑出來。

「哦……，連康子都特地過來向我告別嗎？」

「賭錢贏不了老爸，在女人方面好像也贏不了。」

老爸得意地一笑。

「『塔斯克』怎麼樣了？」

「找到了。」

老爸猛然睜眼。

「你的臉怎麼搞的？人找到了，卻被海扁一頓？」

媽媽桑圭子動了一下，睜開眼睛。

「阿隆？你跑去哪裡啦？」

她這一叫，連麻里姊都醒了。

「阿隆！找到解藥啦？」

「找到了。」

麻里姊大叫，還抱住我。

「太好了！涼介不會死了！」

「太好了！」

圭子也雀躍不已。

「不愧是阿隆！我愛你！」

連圭子也緊抱著我。

這感覺還真不賴。

「趕快，趕快餵涼介吃藥。」

「嗯！」

辦公室方向傳來喀嚓聲。接著——

「隆……」

康子以嚴肅的聲音叫喚。

我們紛紛回頭往辦公室的方向看去。

一身黑色運動服的瓊站在那裡，以一把裝了消音器的手槍指著康子的額頭。

「瓊！」

老爸挺起身子。

「辛苦你了，boy。真有你的，竟然能從『塔斯克』那裡拿到解藥。交給我吧。」

「妳這女人……」

麻里姊臉色一變，往她走了一、兩步。

消音器發出「砰」的一聲，老爸枕邊的枱燈粉碎了。

在場者紛紛愣住了，私毫不敢動彈。

「『塔斯克』的毒藥在哪裡？」瓊溫柔地笑著問道。

「可以給妳，但要先讓老爸吃解藥。」

瓊脖子一仰，笑了出來。

「放心吧，傻瓜。涼介沒中毒，既不會受苦，也不會死。」

「妳說什麼?!」

連老爸也大吃一驚。

「我不那麼說，你怎麼會認真找『塔斯克』呢！對不起囉，涼介。」

「瓊……」

老爸臉上的表情夾雜著憤怒與安心。

我說：「就是想聽妳親口說。」

「哎呀，你發現了？」

「因為我見過了『塔斯克』。」

「是嗎？那麼，我去小鋼珠店之前，在這裡裝了竊聽器，你也發現了嗎？」

「妳唆使我們跑腿以後，一直不在飯店裡，應該在監視這棟公寓吧。」

「沒錯，boy。不過，你不知道哪個是解藥，所以把他的藥全都帶來了，是不是？」

「被妳說中了。」

「交出來吧。——不許動！」

槍口指向正要把手伸進裙子裡的康子。康子只好放棄抽出那把木刀。

「藥在哪裡？」

我指指工作服的口袋。

「你慢慢拿出來，動作要輕。」

我拿出一個長得很像鉛筆盒的皮製藥盒。

「放在那張桌子上。」

我照做了。

「打開。」

我一拉開拉鍊，裡面有好幾支裝著藥物的玻璃瓶。

「太棒了！這就是『塔斯克』的毒藥。」

瓊露出了笑容。

「妳知道哪個是解藥？」

瓊拿起其中一支裹著白膠帶的玻璃瓶。

「這個。其他都纏著灰色或黑色膠帶。顏色的濃淡，代表不同的藥效時間，對吧！」

我點點頭。

「妳連這些都查出來了。」

「因為我一直在追蹤『塔斯克』呀。不過，我絕不會讓他發現我。」

「當然，妳也沒被下毒，對吧！」

「我才沒那麼迷糊呢！不像躺在床上的某人。」

「瓊，妳給我記住。」

老爸低聲咆哮。

「妳打算怎麼處理這些東西？」

「怎麼處理?!高價賣掉也是個好辦法……」

「不要再說了！」老爸說道。

「再說下去，妳就得把我們統統收拾掉，所以接下來的話我不想聽。趕快拿著妳的毒藥滾出去！」

瓊露出醉人的笑容。

「不愧是涼介。要是腦袋一開始就這麼靈光，也不必忍受這場驚嚇了……」

老爸猛咬牙。

「給我滾！妳這隻狐狸精！」

「最後一件事。打從一開始，妳就鎖定毒藥，根本不想要解藥，對吧！」

「聰明的boy，答對了。這個毒藥的價值，在於能在準確的日期置人於死地，解藥根本沒有意義。」

瓊把藥盒收進運動服，眨了眨眼。

「那麼，各位，別動哦！要是誰敢追我，我可是會開槍的。」

「誰要追妳！」

老爸大罵。

「後會有期了，涼介，我的愛人。」

瓊拋了一個飛吻，轉身走出了辦公室。

不久，聖特雷沙公寓後方傳來二五〇西西的摩托車引擎聲，轟隆作響，隨即遠去。

「隆……」

沉默的康子開口了。

「噓！」

我以手指抵住嘴唇，蹲了下來，往捲門桌後方、舊沙發底下看去。竊聽器裝在沙發扶手底部。我把電池拆下後，說：

「OK，現在沒問題了。」

「隆，你認為那女人會把藥瓶交給金禮教團的反教祖派嗎？」康子問道。

「會啊，一定會的。那些人巴不得要教祖的命，越快越好，因為那是『塔斯克』的毒藥……」

「金禮教團？什麼跟什麼啊？」

老爸問道。

「這就告訴你，不過說來話長。」

我走到冰箱前，一邊拿罐裝啤酒一邊說道。

而且這起事件，還有連瓊也不知道的小插曲。

她拿走的那個藥盒，裡面的玻璃瓶裝的都是解藥。反教祖派想毒殺教祖，其實是救了教祖一命。

我和「塔斯克」交易的條件，是要求他把玻璃瓶裡的毒藥換成解藥。「塔斯克」這時候應該在前往機場的路上。

「啊……，救人以後的啤酒真是格外可口啊！」

我向一臉莫名其妙的老爸等人說道，刻意搖晃手上的啤酒罐。

打工情報員

打工偵探——尋找製毒師

1

春天來了。我也勉強升上高三，等待我的是地獄般的考季。

但在那之前——

是萬萬不可忘的夜衝季節。

街道吹起一股暖風，緊身衣美眉們也卸下盔甲，從厚重的外套換成輕薄的衣裳。一撩起齊長的頭髮，便飄來若有似無的香水味。

若是任由她們踮著輕快的小碎步從身邊走過，那才叫失禮。

這段期間，各大熱門地點充斥著尋求刺激的遜妹、濃妝妹、好色美眉等等，品質良莠不齊。

鄉下來的遜妹半是興趣半是恐懼；百發百中的濃妝妹就地確保目標，以備夏日之用；一如其名的好色美眉，正在尋找一夜情的對象。

說起來，就算現在流行的疾病有多可怕，這些美眉的危機意識還停留在與飆車族相同的水準。

換句話說，即——

「只有自己不會出事。」

她們都有這等毫無根據的自信及不死之身的膽量。

阿隆我避開這些危險類型，選定四月將盡的一個舒適的星期五，作為睽違已久的把妹解禁日。

口袋裡麥克麥克，有的是從涼介老爸那裡賺來的打工費。

索性豁出去單釣，今晚不需要搭檔，獨自上陣。

單釣的關鍵在於趁早。到了晚上九點、十點還在街上閒晃的，不是援交妹，就是渴望有人來搭訕的好色美眉。

就我來說，此行並非為了解決平常運動不足的問題，所以這一類型就免了。

若是可能的話，我會針對個性可愛、床功大膽的二十歲姊姊展開攻勢。

學校的課我早退了，今天本來是麻里姊的「上班日」，不過我確定可以升級，便請假請到四月底。

首先小飆了一程，來到原宿附近。

路上盡是虛有其表、缺乏內涵的遜妹。這類型很容易攻陷，但缺乏經驗，一點也不好玩。有一次，我還遇過把賓館錯當成遊樂場的遜妹。

對方對於「休息」的地方很講究，所以我帶她到「她想去」的地方，結果一進去，竟然是一家附了鏡宮床的電動遊樂場。

別說辦事了，一進房她就黏在電視機前面，我被迫陪她打了整整兩個小時的電玩，筋疲力盡之餘，拖著連澡都沒洗的「潔淨身體」回家。

分手時，我抱怨：「妳到底是怎樣啊！」

那女孩的回答真教人洩氣。

「因為，做那個又沒有電玩好玩。」

這絕對是男人的錯，要怪男人沒教會她做那件事有多快樂。

料定原宿沒有好貨色的阿隆我走進了青山通。這一帶的年齡層大幅提高，相對的，有幹勁的大姊姊也比較多。

有一次，阿隆被這一類小姐搭訕，然後被塞進一輛Audi Quattro進口車，強行帶到河口湖附近。那個姊姊似乎是千金小姐，相親結婚一年就離婚，之後每天過著一心向男人復仇的日子。

兩天一夜總共打了十四回合，有人聽過嗎?就連厲害的阿隆我到了第十五回合，也不得不丟白毛巾投降。

然後，NS400R直闖「骨董通」，緩緩而行。

我馬上發現合格的貨色。一名正好從HUNTING WORLD的展示區走出來的短髮女郎，白襯衫配皮裙，腰上繫著金鎖鍊。

唇線分明的嘴角與微翹的鼻頭，俏皮中蘊釀著一股矛盾的魅力。

眼睛細長有神，看來是個再怎麼樣都不會認為電玩比上床有趣的知性派。

走起路來不疾不徐，也不像是買東西。

年約二十一、二歲，是年長了些，但憑著阿隆的笑容與技巧，有自信絕對不會讓她說出：「小弟弟，回家去吧！」這一類的話。

看到她在蛋糕店的露天咖啡座前突然停下腳步，我心意已決。

把妹一要看時機，二要看時機，沒有三與四，五要看外表和錢。

我停車，一腳跨在護欄上，說：

「請給我草莓塔，外帶！我想跟短髮皮裙的可愛小姐到七里濱一起吃。」

她似乎嚇了一跳，在蛋糕櫃前回頭。

阿隆我摘下安全帽，送上百萬笑容。

她彷彿「哦」了一聲，揚起單邊眉毛。

「當作謝禮，我出高速公路過路費、油資，再請妳到××吃晚餐。」

「××」是位於逗子的一家法國餐廳，相當受女性喜愛（為了避免廣告嫌疑，這裡就不公開店名了）。

她臉上有了笑意。

「要是我討厭吃甜的呢？」

「那麼我就到轉角的酒行外帶香檳王。如果不喝酒，還有『豆源』的仙貝。」

她笑了出來。

「你幾歲？」

「依法律規定，明年可以結婚。」

「依法律規定，喝酒呢？」

「嗯嗯嗯。」

她露出了潔白的貝齒。

「好啊，草莓塔讓你請，但是要在這裡吃。其他事情就在這裡討論吧。」

「樂意之至。」

我說完便下了車。

就在這時候，一輛車窗貼著深色隔熱紙的美國車發出緊急剎車聲，在NS400R旁停了下來。

我正嚇一跳時，車門啪啪打開，下來兩個戴墨鏡的黑人，一把抓住我的肩膀把我抬起來，簡直把我當成麻袋一樣扔進後座。
「怎麼回事？喂——！你們……」
我聽見她的叫聲。那兩個黑人將近一百九十公分，穿著黑西裝。
一語不發的黑人回到車上，其中一個坐上駕駛座。
另一個按住想起身的我的肩膀，小聲說：
「Don't move, don't speak, or you shall die.」
接著，有一個像布袋般的東西罩住我的頭。那袋子裡一定有麻醉藥之類的藥物。
我才動了一下，就漸漸失去了意識。
這個世界上，一定有很多人認為把妹這種行為大逆不道。
例如古板的衛道人士、基督教徒、沒有女人緣的男人、沒有男人緣的女人、患有性病恐懼症的人……
是哪一種人抓住了我？我在半夢半醒之間想著這個問題。
搞不好她是駐日美軍司令官的情婦或養女，隨時有特種部隊的保鑣跟在身邊，誰敢對她出手就讓誰成為海上浮屍。
搞不好今天是「不良飆車少年處刑會」的活動日，這兩個黑人是其中的熱血分子。

搞不好，其實這兩人是……

不想了，越想越蠢。我睜開眼睛，感覺腦袋一股悶痛，有點想吐。

天花板貼著素雅的壁紙。

我轉頭四處張望，原來我被放在一張長椅上。

看起來是個穩重氣派的客廳，大大的窗戶拉上了窗簾，角落有個吧檯區。除了我躺的長椅，還有好幾張豪華的皮沙發，牆上掛著大幅畫作。

我爬起來，衣服還好端端地在身上。

看樣子並沒有被侵犯，皮包和學生證也都在口袋裡，東西安然健在。

我站起來，走到吧檯區。吧檯裡的小冰箱上有傳票，上面有飲料單和價格，下面印著「N飯店」。

由此看來，這裡似乎是赤坂的N飯店。

我打開冰箱，拿出冰透的百威啤酒。因為很渴。

我從口袋裡拿出一枚五百圓硬幣，放在冰箱上。

到底是誰把我擄來N飯店的？

是那兩個黑人。

為什麼？

三個男人打算來辦一場淫亂派對嗎？開什麼玩笑。我可是期許自己終生保有處女之身。

啤酒喝掉了半瓶，我掏出身上的七星菸，點了一根。

面對窗戶的一扇門開了，一個女人走了進來。

她年約四十出頭，長得相當漂亮，身穿白色麻質套裝，胸口戴的鑽石別針閃閃發亮。如果那顆鑽石是真的，大概能買下N飯店的一個房間。她頭髮盤在腦後，太陽眼鏡推高到額頭上方。

她有一種聰明又高雅的氣質。

我抽著菸默默地看著她，她盈盈一笑。

「啤酒好喝嗎？」

「我在這裡放了五百圓。」

「哎呀，這怎麼行，不用啦。」

「這怎麼行。我還有坐電車回家的錢。」

「對不起，你一定很生氣吧。」

我搖搖頭。

「沒有啊！只不過被迫離開好不容易找到的理想女性，好不容易打工買來的機車連同鑰匙丟在路邊就來了。」

「你真有趣。」

她輕聲一笑，這麼說道。

「因為我是會唱歌跳舞的都立高中生。」

「真的？」

「假的。」

她反手關上門，向我行了一禮。

「真的很抱歉，發生了一些失誤，我沒有對你亂來的意思……」

「知道了。那麼，我該做什麼才好？」

女子搖搖頭。

「不用，你什麼都不必做。我，那個……你……」

「妳愛上我了？」

她笑了出來。

「是呀！我覺得你這個人真好，可是我已經這麼老了呀，你一定不肯理我……，所以才對你這麼過分，真的很抱歉，我不是故意要嚇你、害你受傷的。」

「原來如此。那麼，我可以走了嗎？還是我得在哪裡簽名？」

「我說……，如果你願意，要不要一起吃晚餐？」

我搖搖頭。看來，這名女子確實對我沒有惡意。即使如此，也讓人挺不舒服的。

「不了。要是到了緊要關頭，又被那些巨漢扛起來，那我的自尊會永遠掃地。」

「哎呀，我不會再讓威利他們那麼做了。」

女子連忙搖頭。

「那麼……」

「很遺憾，從小奶奶就教我，不可以讓陌生人請吃飯。」

「奶奶？你奶奶還在？」

女子睜大了眼。

「沒有，爺爺也不在了。」

「爸媽呢？」

「我爸出去賺錢，這一季不在東京。」

「哎呀，那麼在哪裡？」

「千葉。」

「千葉？」

「有中山賽馬場的地方。」

女子噗哧笑了出來。

「你是開玩笑的吧！」

「真的，我爸是賭徒。」

「你媽呢？」

「一百年前就跟我老爸分了。我想她現在很幸福，不過我沒跟她見面，所以……」

「你叫什麼名字？」

「難不成，妳想收我當養子嗎？還是要我當妳老公？」

「嗯，好主意。」

女子含笑地點點頭，好像覺得很好笑。

「問題到此為止吧。我得回家替臥病在床的姊姊煮稀飯。」

「噢！」

我開始覺得她很可憐。遇到這種說什麼都信的人，胡扯的人也沒有半點樂趣。

「開玩笑啦。一病不起的是聖誕紅，再不澆水就會死了。」

「是嗎……」

女子悲傷地點點頭。

「那好吧……，對了，你等一下……」

她轉身進入隔壁房間，拿著一只信封回來。

「這算是一點歉意，請你吃晚飯。」

「不用了。」

「拜託，我真的覺得很抱歉，請你……」

她硬是把信封塞進我手裡。因為她那麼誠懇，我就心軟了。也許她有一個跟我差不多年紀的兒子剛死於意外或疾病。

「好吧。那我就收下了。」

我說完，把信封塞進防風夾克裡。

「謝謝。那你保重哦。」

「妳也是。那我走了——」

在女子的帶路下，我經過另一個房間，來到走廊。看來她住的套房是N飯店最大的一間。

女子依依不捨地在門邊目送我。我對她說：

「我叫冴木隆。」

「我是……，我……」她沒說出名字，搖搖頭。「這樣啊，你叫隆啊……」

「難不成妳是我媽？」

「咦！」

「開玩笑。那我走了——」

我揮揮手說道。不知道把我留在老爸身邊、自己遠走高飛的老媽叫什麼名字。先別說老媽了，連我跟老爸是不是真正的父子都有問題。

我經過走廊，進了電梯之後，拿出信封。比我想像中還厚，如果是萬圓鈔，大概有十張吧。

一打開，真是嚇死人。

裡面裝的是美鈔，而且是二十張百圓美鈔。

2

所幸機車沒被牽走，不過那個短髮女郎已經不在蛋糕店了。

我思考接下來該做什麼，因為已經快晚上八點了，便決定回家。感覺好像走了衰運，如果再度發現中意對象的那一刻，那些大漢又冒出來的話，阿隆我可能暫時不敢把妹了。

來到廣尾聖特雷沙公寓前，我抬頭望向窗戶。老爸那傢伙還沒回來，就算他賭馬輸得分文不剩，正從千葉走回東京，也不值得同情。

我走進「麻呂宇」，媽媽桑圭子不在，星野伯爵在吧檯迎接我。

「哦？阿隆也有空手而回的一天？」

「顯然如此。金錢運不錯，桃花運就不怎麼樣了。」

「這話聽起來有蹊蹺喔！」

我在吧檯前坐下，嘆了一口氣。說這話的不是別人，正是從廁所出來的老爸。

「你的賭馬咧？」

「有點事，沒去成。怎麼了，隆？被有錢老太婆倒追嗎？」

「不愧是偵探。吶，跟我換日圓。」

我從懷裡掏出信封，從吧檯上滑過去。老爸拿起來，朝信封裡瞄了一眼，揚起眉毛。

「你賣身給外國老太太啊，隆?!」

「才不是，對方是日本人，我……」

話還沒說完，店門外就傳來停車聲。星野先生並未停下擦玻璃杯的動作，以冷酷低沉的聲音說：

「看樣子涼介有客人了。」

一回頭，來者是那位移動的國家公權力——副室長島津先生。

我迎接島津先生和他的部下之一，我們四人在二樓的「冴木偵探事務所」坐定。島津先生每次帶來的部下都不同，由此可見，對「冴木偵探事務所」有好感的國家公權力除了島津先生，大概沒有其他人了。

老爸坐在捲門書桌前，我送上咖啡之後，照例躲進臥室，把耳朵貼在對講機上。

副室長與部下之一——名叫九谷的青年——在破沙發上與老爸相對而坐

「這時候找我有什麼事？」涼介老爸開口問道。

「今天是那個日子吧。冴木，去過了嗎？」

島津先生說道。什麼，原來老爸有生理期?!

「去過了。」老爸以低沉的聲音回答。

「我也去了。真快，十五年了……」

「你是來話當年的？」

「不是，是想請你幫忙。」

「每次來都沒好事，你臉皮還真厚啊！」

島津先生這次的部下對於老爸的賤嘴倒是沒有任何生氣的反應。由此看來，對方雖然年輕，可能也吃過苦。

「冴木，這問題單靠我們應付不來，而且跟你也有密切關係，還有阿隆。」

副室長說的話真是啟人疑竇。

「什麼？」

「你還記得『槍兵計畫』嗎？」島津先生說道。

「『槍兵』？……你是說把海裡的失物撈起來據為己有的那個嗎？」

好一個貪小便宜的計畫。

「那可不是一般的失物。現在整個地球的海域裡，有多達十幾個裝載核子彈頭的未爆彈沉在海底。這個計畫是要回收這些核子彈頭。」

不但貪小便宜，還很危險。

「其中還有載著飛彈的潛艇整艘失蹤。一般人認為絕大多數都沉在無法回收的深海海域中，或許事實並非如此。再怎麼說，海洋如此廣大，也有可能被沖到意想不到的地方。」

「難不成飛彈掉在三浦海岸？」

老爸還是一樣酷。

島津沒有理會。

「『槍兵計畫』原本是美國海軍情報部提出的計畫，最後並沒有執行便束之高閣。

現在卻有一些民眾在打撈，不知道他們用什麼方法，竟然回收了沉在百慕達海域的兩枚裝載核彈頭的中程飛彈。」

「夠厲害。那，這些民眾向美國政府要求核彈的一成價格嗎？」

「不，更糟糕。這些核彈還『活著』，所以他們打算賣給需要的國家。」

「真是相當難搞的守財奴啊！」

「此人名叫布魯諾，義大利人，原本是紐約犯罪組織的大尾，但被FBI逮到，不但所有財產被沒收，還被流放到國外，加上愛子在逮捕行動中抵抗被槍殺，所以極度仇視美國政府。」

「原來如此。不過就一個黑幫分子來說，他這一票幹得真大。」

「有個男人幫了他一把——湯瑪斯·萊恩。此人兩年前從CIA退休。萊恩也相當仇視美國政府，他本來可以榮升CIA副局長，卻因為同僚之間互扯後腿，上了黑名單才退休。」

「一定是CIA不肯大方付他退休金吧。」

老爸眼裡只有錢。

「萊恩不缺錢。他在任時利用職務之便，大賺特賺。表面上是牧場老闆，背地裡從事軍火走私。也就是說，買賣飛彈對他來說易如反掌。」

「那跟我有什麼關係？」

「萊恩在CIA時代，曾經在日本待過一段時間，所以這次的交易選在日本進行。你也知道，布魯諾無法入境美國，因此如果選在歐洲，想必美國情報機關會予以破壞。如果在日本，西方(註)主要情報員的長相和手法他都很清楚，地方也不陌生。他對阿拉伯人也不夠信任，不肯在對方的國家進行交易。」

「一直問好像很煩，不過這跟我有什麼關係？」

「第一，萊恩不知道你這個人。第二，萊恩的老婆是日本人，據我們調查，可能是下落不明的金森麗子。」

「你說什麼?!」老爸的聲音變了。「真的嗎？她還活著？」

「純粹只是可能。但是，我們拍到的照片確實酷似金森麗子。據調查，萊恩的妻子十四年前在美國現身。在那之前，她的過去沒有人知道。」

「年齡呢？」

「四十歲。如果是謊報，就是瞞掉兩歲。」

「怎麼可能……，她應該早就死了。」

「對，我們發現金森的遺體時，也認為她死了。就算當場倖免於難，憑她一個女人家也不可能逃得出那種戰地。」

「是萊恩嗎……」

「應該是。一九七二年萊恩也在那個國家，如果麗子當時獲救，或許是萊恩救了她。」

「那她為什麼不回日本！她和金森的孩子就在日本啊！」

「冴木，為什麼當時西方的情報機關紛紛受到敵方襲擊，這件事你有沒有想過？」

「當然，金森為什麼非死不可，我不知想過多少次了。」

「如果是情報外洩呢？」

「怎麼可能！你是說麗子她……」

老爸說不下去了。

「懷疑好友的老婆一定讓你很痛苦。但是這麼一想，一切便若合符節，也能解釋她兒子明明在日本，她卻不回去，反而遠渡美國投靠萊恩了。」

「你是說她為了自己，丟下懷胎十月的骨肉？」

「冴木，也許她早就料到你會扶養他們的兒子了。十年後你也辭掉了內閣調查室的工作，因為你不知道自己何時會重蹈金森的覆轍，讓阿隆變成孤兒。你很優秀，金森死

註：這裡的西方指的是冷戰時代的西方陣營，因此日本也屬於西方。

後，你是我們的第一把交椅。你一離開，大家都覺得很可惜……」

「過去的事就別再提了，更何況今天是金森的忌日。」

老爸以陰暗的語氣說道。

「好吧！萬一萊恩的老婆就是金森麗子，能夠確認的，冴木，就只有你了。萊恩夫婦與布魯諾已經到日本了，他們是分別入境，打算與買主進行祕密交易。我們應美方要求，想要逮捕他們。萬一他們把核彈交給買主國，可能會引發第三次世界大戰。」

「你要我找出布魯諾和萊恩是吧！」

「我們也會從旁協助。萊恩幾乎摸透了組織裡成員的底細，唯一還沒洩底的，就只有這位九谷，他將擔任聯絡事宜。」

「裝備呢？」

「需要什麼儘管說，我會派他送過來。萊恩以前的地盤在東京，他準備在這裡大顯身手，能夠阻止他的只有你了，冴木。」

「知道了，不過我有一個條件。」

「說吧！」

「我要用隆。」

我感覺現場一陣驚訝。

「……為什麼？」

「我想讓他見見他的生母，或許這是唯一的機會了。」

「但她可能是叛徒啊！」

「島津，我不信。再怎麼樣，我都不相信麗子是叛徒。」

「好吧……。但是，對手不同於以往，危險程度嚴重多了。」

「隆也十七歲了，是該讓他知道什麼叫搏命的年紀了。」

「你很信任隆啊。」

「……他可是我兒子啊。」老爸答道。

島津先生他們一回去，我就來到辦公室。

老爸把腳蹺在捲門書桌上，吸著寶馬菸朝半空中噴吐。

「隆，聽到了吧？」

老爸冒出一句。我嘆了一口氣，靠坐在辦公桌邊。

「聽到了。」

「曾經，你是我好友的兒子。但是現在，你是我兒子。有意見嗎？」

「沒有。」

我與老爸四目相接。老爸笑一笑，把菸盒和火柴扔了過來。

我接住後，抽出一根點燃，老爸坐了起來。

「接下來要上工了。打工費很高，可是要搏命喔！」

我往桌上看去，那裡放著島津先生留下的布魯諾和萊恩的資料。

「萊恩是不是帶了一個叫威利的黑人保鑣？」

老爸拿起資料，驚訝地看著我。

「你的房間什麼時候裝了偷窺孔？」

我呆呆地搖搖頭。

「那個給我兩千美金的阿姨帶了——」

老爸啪答一聲站了起來。

「怎麼回事？」

我把傍晚發生的事情說了出來。

老爸聽完，倒抽了一口氣。

「看樣子，島津的預感很準。」

「那麼，她就是我媽？」

「八成是。」

「十五年份的零用錢，兩千美金也太少了吧。」

老爸一臉受不了地看著我，接著又說：

「就算是你媽，我們的目標是萊恩和布魯諾，不能碰她。」

「萊恩也在N飯店嗎？」

老爸搖搖頭。

「他是個行事謹慎的職業好手，不會在那麼顯眼的地方現身。帶老婆同行，多半是為了掩人耳目，目的是想轉移注意力，把焦點放在飯店。」

「那就是和妻子分頭行動了。」

「當然，所以她才想見你。鐵定在得知要來日本時，就事先調查過你了。」

我點點頭。

「可是保鑣怎麼會跟著她？要是萊恩單獨行動，保鑣應該跟著萊恩才對呀？」

「保鑣總共有四人，兩個黑人，一個東方人，一個白人，全都是海軍陸戰隊或綠扁帽（註）出身的健將。萊恩一定是帶著東方人和白人。」

老爸翻一翻資料這麼說道。

註：Green Beret，美國陸軍特種部隊之一。

「要去N飯店嗎？」我問道。

「我看在交易結束前，萊恩不會跟他老婆接觸。」

「不過她可能知道一些消息啊。」

「隆，我明白你的心情，但是她不會躲起來，去見她是最後一條路。要是現在去見她，等於是告訴萊恩，『冴木偵探事務所』正在採取行動。」

「萊恩怎麼跟她聯絡？」

「大概是透過保鑣吧。去問那個叫威利的大漢倒是個辦法。」

「他會老實招出來嗎？」

老爸以嚴肅的表情說：

「我會讓他招的。」

3

第二天，我騎車、老爸開休旅車，我們在N飯店附近埋伏。老爸看準了威利一定會和萊恩聯絡。

為此，需要給對方一點刺激。

老爸利用九谷進行了一項計畫。這個計畫，就是要九谷的同事假扮警視廳的刑警、稅務員和毒品取締官，到威利的搭檔莫利斯在N飯店的房間搜查，然後從中發現疑似古柯鹼的白粉。

當然，莫利斯會抗辯自己是清白的，但先押走他再說。這種狀況完全出乎威利的預期之外，除了向老闆請示別無他法。

「好卑鄙的手段。」

聽我這麼一說，老爸聳聳肩。

「也許。這主意只有我才想得出來。正因如此，萊恩一定料想不到。」

我們守在N飯店附近的弁慶橋邊，看到載著莫利斯的兩輛假警車駛離。

警車應該是直奔島津先生所在的國家公權力辦公室，莫利斯一定會發現這是陷阱，除非他招出萊恩的所在，否則休想獲釋。

在老爸的休旅車上等了一個鐘頭，九谷送到辦公室的種種道具之一——無線電對講機響了。

「喂。」

「我是九谷。威利現在搭計程車離開飯店了，車牌是……」

我立刻戴上安全帽，跨上NS400R。九谷提供的對講機是耳罩式的，戴安全帽也沒問題。

我平常跟蹤都會請麻里姊或康子幫忙，但這次的對手實在太危險了。

「要是在無人的地方被發現，就要有被滅口的心理準備。」

老爸警告我。

「我現在知道老爸為何不跑單幫（註）了。」

我回答後，放下安全帽的面罩。

威利搭的計程車一離開飯店，便從外堀通往飯田橋的方向前進。我穿著連身衣、頭戴安全帽，對方應該不認得我，但我還是提高警覺，與前車保持適當距離。

他不可能搭計程車到目的地，應該會在中途換車。

果然，威利的計程車在飯田橋邊停了下來。安全帽裡的對講機響了，是老爸。

「他準備在飯田橋轉搭電車，我跟他一起上車。隆，你隨時待機。」

「Aye, aye, sir.」我答道。

我隔著安全帽，目送黑人高大的身影消失在總武線車站內。

不久，老爸的聲音隨著「沙——」的雜訊傳進來。

「他往東京方向去了。」

「Roger.」

我發動NS400R，從外堀通直線前進。威利一定是考慮到被跟蹤的可能性，採取了種種預防措施。老爸會怎麼破解值得一看，但目前這種狀況想看也看不到。

「到御茶水了。他還在總武線上。」

真沒想到。他該不會想買花生當伴手禮吧。

秋葉原過了，又經過了隅田川。

「到錦糸町了。他下車走到上行列車的月台。」

哦？所以他在觀察有沒有被跟蹤。

我回轉。不能因為對方掉頭就放心，搞不好他覺得日本的電車很有趣，只是想體驗換車的樂趣，這也不是不可能。

但是，這次他下車了。

「水道橋。他往後樂園的方向出去了。」

說起來，要兩個人徹底跟蹤不太可能。如果對方是外行人就算了，遇到職業高手，

註：一個人帶著異地貨物往來兜售圖利的投機性買賣。這裡意指國際間諜。

至少也要三倍的人力——阿隆我不由得以跑單幫的行為模式來思考。

「他朝場外賽馬投注站去了。」

真的假的？老爸該不會是被威利甩掉，無可奈何之餘，索性一整天耗在賭馬場吧。

「他混在人群裡，看樣子是準備聯繫。接下來看你的了。」

我把機車停在後樂園前面，迅速脫掉連身衣，露出正宗的都立高中生制服，釦子扣到領口，學生帽壓低，怎麼看都是個品行端正的都立高中生。

這樣子威利應該認不出來。

話是這麼說，大白天，一個認真的高中生在場外賽馬投注站晃來晃去，還真是挺詭異的。

我帶了書包，往腋下一夾，還戴上一副沒有度數的眼鏡，混入人群中。

威利的確在那裡，背對著人群，站在霜淇淋攤位前。

沒看到老爸，索性我也沒去找。在這種地方就算想找人，最不顯眼的就是老爸這種人了。

藏一棵樹就藏在森林裡。對於熱愛賭博的老爸而言，如果要找地方躲，沒有一個地方比場外賽馬投注站更適合了。

然而，可憐的是威利。高大的黑人怎麼看怎麼顯眼。

由於太顯眼了，會不會是誘餌？正當我這麼想的時候，有人跟他接觸了。

一名腋下夾著賽馬報，耳朵上夾著紅筆的典型賭馬大哥走近威利。

那名大哥跟威利交頭接耳，不知說了些什麼，威利點點頭，把霜淇淋丟進垃圾桶，開始走動。

投注時間快結束了，他往投注站前面的隊伍走去。

一看威利排的那一列，我嚇了一跳。威利前面隔了兩個人，這兩人前面正站著專心看報、一臉無事的涼介老爸。

那名大哥直接走向電動遊樂場，我跟著他。總不能穿著制服去投注站排隊。

大哥走進場內，在一台電視遊樂器前面坐了下來。只見他把報紙插進上衣，開始玩起超級星際戰士。

我在一台乏人問津的小精靈前面坐了下來，制服前襟邋遢地敞開。電動遊樂場不適合品行端正的學生形象。

第一隻小精靈來不及吃到大力丸死掉之後，我抬起視線。遊樂場後方的一排拉霸前面，不知何時站著兩個白人。

不斷地把手裡的代幣投進機器，拉霸。

那是我在照片上看過的萊恩保鑣三號，記得他的名字叫史岱西。

我假裝去上廁所，繞到兌幣櫃檯後面。

「找到史岱西了。」

我對著對講機說道。

「了解。我這邊又在吃霜淇淋了。」

老爸回覆。

史岱西把所有代幣用光，離開了拉霸機。

漫步走出遊樂場。

拿著霜淇淋的威利就站在正前方的人群裡。

他們倆互相微微點頭，便朝後樂園的出口走去。我沒看到老爸。

我尾隨他們過去。這兩人好像在兜圈子似的，往無人的球場方向走去。

他們的身影被球場入口附近的建築物遮住了，我加快腳步。

此時，有人抓住我的肩膀，我一回頭，是個戴墨鏡的矮小男子，身穿牛仔褲和運動外套。右手插在外套口袋裡，一臉燦爛的笑容，笑得很不自然。

「一出聲，你就死定。」

外套口袋裡有個方形的突起物動了。

「走！」

墨鏡男說道。我的記憶回路運作了，他是保鑣四號，黃。

他們故意利用外型顯眼的白人史岱西聯絡，以不起眼的東方人黃做掩護。我被擺了一道。

黃故作親熱狀地摟著我的肩，向右轉。鏡片後的眼珠骨碌碌轉動，觀察四周狀況。他的視線停留在公廁上。

「到那邊。」

黃說道，臉上依舊堆滿不自然的笑容。肯定是打算在廁所裡收拾我。

我們一進公廁，黃就摘下墨鏡，右手從口袋裡抽出來，握著一把短槍身的357Magnum。

「進去！」

黃打開其中一間「大號」用的廁所說道。

我慢慢倒退進去。黃的左手從另一個口袋裡掏出一把彈簧刀。長達二十公分的刀刃與尖銳的聲響一同彈出。他握好了刀。

「你是誰？」

黃笑著問道。他把我逼到牆邊，再反手把門鎖上。阿隆我這下子完蛋了。

「High school student.」

黃把刀子貼在我臉頰上，刀尖戳向鼻孔。

「割——鼻子，很痛哦！」

「隆。冴木隆。」

「單位？」

「都立K高中。」

那把刀滑動了。我感到一陣刺痛，血沿著臉頰流下。

刀尖抵住喉嚨。黃搖搖頭。

「你，笨蛋。笨蛋，去死。」

他要割我的喉嚨！這個念頭才閃過，廁所門後面就垂下一條細繩。一個繩圈套住黃的脖子，隔著門把黃吊了起來。黃的雙眼大睜，發出嗚嗚嗚的呻吟，雙腳離地。他拼命掙扎，拿刀割繩子。

我一直拳朝黃的心窩打下去，黃的眼珠差點暴凸。我順手打開廁所門，黃就這樣掛在門上晃動。

門一開，我看到了涼介老爸。

「沒事吧？」

黃伸手從外套口袋裡掏出Magnum。老爸迅雷不及掩耳地以手刀往他的手腕一揮，撿起掉落的那把槍。

黃用刀子割斷繩子，便啪答一聲掉落在馬桶上。

喀嚓一聲，老爸把Magnum上了膛，槍口指住黃的額頭。黃一臉發紫，眼珠子又差點暴凸。

「萊恩在哪裡？」老爸低聲問道。「不說，就把你的頭轟掉。」

這時候，傳來一陣吵鬧聲，幾個母親帶著一群小鬼進入公廁。黃撥開老爸的手，從廁所衝了出去，如脫兔般逃之夭夭。

老爸背對著站在那裡發愣的一群人，把槍收起來。

我們一離開公廁，老爸便問：

「只有那個傷嗎？」

我點點頭。黃已經混進人群裡了。

「威利和史岱西呢？」

「跟丟了。救你都來不及了。」

老爸聳聳肩。

「爸，我搞砸了。」

我拿手帕擦拭臉頰上的血，傷口很淺，應該不會留疤。

「別在意。對方是職業級的，技高一籌。」

老爸說著，拍拍我的肩。

「莫利斯堅稱不知道萊恩的下落，威利也還沒回飯店。」

島津先生說道。我們在老爸的辦公室，九谷在N飯店監視，所以島津先生獨自來聖特雷沙公寓。

「布魯諾那邊怎麼樣？」

「多半是依照萊恩的指示躲起來了，完全掌握不到他的行蹤。」

「也許不在東京。」

島津先生點點頭。

「你認為離交易還有多少時間？」老爸問道。

「依中東方面的情報，將軍明天會微服前來日本。這麼一來，如果不是後天就是大後天了。」

「就算鎖定買主也沒有用嗎？」我問道。

「他和萊恩及布魯諾不同，一旦交易成立，對象就是整個國家，那就不是我們動得了的。」老爸回答。

「你覺得交易會在哪裡進行？」

「要是逼不得已，可能會在買主國的大使館進行。這麼一來，美國和日本根本無法出手。」

「真麻煩。」

「所以才想在交易前逮住萊恩。」

島津先生這麼說。然後面向老爸說：

「看樣子，見萊恩夫人的時候到了。」

老爸若有所思似地望著半空中。

「只不過，就算英子·萊恩真的是麗子，大概也問不出什麼情報。」島津先生又補了這句話。

「萊恩愛他老婆嗎？」

「應該吧。愛到不惜娶一個一度喪失國籍的女人為妻。」

「愛到用飛彈來交換？」

「老爸！」

我不由得站了起來。

「這手段太卑鄙了！」

「我知道。美國的飛彈被賣去哪裡我才不管。但是，這筆交易如果引發戰爭，那就另當別論了。」

「冴木──」

老爸以嚴肅的眼神望著島津先生。

「島津，情報員永遠在打仗，小打殺、小戰爭不斷。這是為了避免大規模的打殺和真正的戰爭，不是嗎？我就是討厭為了競爭殺來殺去才辭職的。但這次不是競爭，要是這顆核彈落到買主手上，那就不再是威脅的道具，將會變成大量殺人的工具。現在已經不能講究手段是光明還是卑鄙了，不是嗎？」

「沒錯。」

「無論我們用了多麼下流的手段，美日政府都會佯裝不知。尤其是美國，對他們來說相當不妙。」

「確實如此，冴木。美國政府私底下積極處理，但在官方立場，多半會否認有核彈的存在。」島津先生平靜地說道。

我嘆了一口氣。這就是跑單幫的世界。

老爸看著我。

「隆，要退出嗎？我可是會把可能是你媽的女人當作工具哦。」

我搖搖頭。

「算我一份。事到如今，我要堅持到底。」

4

我們在晚上九點多抵達赤坂N飯店。依九谷的報告，萊恩夫人除了在晚餐叫客房服務之外，並沒有踏出房門一步。

「電話呢？」

島津先生問道。國家公權力似乎也掌握了飯店的通聯紀錄。

「沒有任何外線電話。」

九谷搖搖頭。

「好，走吧。」

島津先生、老爸和我，把九谷留在大廳，三人搭電梯上樓。

我們來到一間套房門口，就是那個我進去時沒印象，離開時還記得的地方。

一站在門口，老爸就說：

「島津，萬一真的是麗子，就由我來說。」

「好，交給你吧！」

島津先生答道，老爸點點頭，摁了門鈴。

摁了第二次，有回應了。

「哪位？」

老爸緩緩地吸了一口氣。

「私家偵探冴木涼介。」

喀嚓一聲，鎖開了。門鍊沒解開，門開了一條細縫。

是她。她先看了老爸，然後望了我一眼，接著看島津先生。

門鍊解開了。

「請進。」

萊恩夫人身穿富有光澤感的銀灰色套裝，裡面是一件領口敞得很低的絲質襯衫。

我們走進房間，與萊恩夫人面對面站著。

「妳好，這是我兒子隆，這位是內閣調查室副室長島津。」

「請問有什麼事？」

「首先，我為您給犬子的零用錢致謝。」

萊恩夫人微微一笑，頭一偏。

「什麼意思？」

「夫人——」

島津說著，上前一步。

「慢著！你答應由我來說的。」

「……好吧。」

「怎麼回事？」

我緊盯著她。我和她像嗎？她很美，具有知性的魅力，這是千真萬確的。她身上沒有一點大嬸氣息，高雅出眾。

「我們想知道兩件事。第一件，妳以前是不是叫作金森麗子。」

「第二呢？」萊恩夫人平靜地問道。

「妳先生湯瑪士．萊恩在哪裡？」

「你們找到我先生，就準備殺了他是吧！」

老爸搖搖頭。

「我們不一樣，我們只是想沒收他的貨。」

「你們不會這樣就算了。」

老爸沒說話。我說：

「那麼，第一個問題呢？」

她看著我，眼神平靜且溫柔。老爸說：

「妳有義務回答他。如果妳是金森麗子，就是他母親。」

有一瞬間，萊恩夫人露出了悲傷的神情。但她彷彿要甩開悲傷似地，問老爸：「你怎麼想？」

「如果妳是金森麗子，那麼我也見過幾次。我出席了你們的婚禮。對，葬禮也一樣。妳和妳先生金森的墓就在東京郊外，每年的忌日我都會供上鮮花。」

老爸吸了一口氣。

「十五年了。我供了十五次鮮花給我的好友和他太太。」

「……」

「請回答。」

萊恩夫人閉上眼睛，吐了一口氣，才睜開眼睛。

「我早就料到情況會演變到這種地步，但還是情不自禁，沒辦法不這麼做。」

老爸緊盯著萊恩夫人的臉，然後冒出一句：

「不對，她不是麗子。很像，但不是。」

「是的……」萊恩夫人點點頭。

「我不是金森麗子，麗子是我姊姊。」
「怎麼可能！她沒有妹妹。」島津先生說道。
「有，這件事麗子只告訴過我。一九七〇年，她妹得知她即將與內閣調查室的人結婚，便提出偽造的死亡證明，除去了戶籍。」
「為什麼？」
「因為她妹妹是激進分子，屬於當時反政府活動最激烈的異教派。」
「你說什麼？」
「萬一金森的小姨子是激進分子的身分被發現了，當時的內閣調查室只有兩種作法。不是開除金森，就是要金森利用姻親關係套出情報。金森不想選擇，所以給了小姨子另一個戶籍。」
「這是重大的背叛。」
「島津，我知道你會這樣判斷。正因如此，我和金森才會把麗子的妹妹當作是車禍死亡。」
「冴木，這麼說，你也參與其中？」
「對。因為對我來說，朋友比國家更重要。後來，她拿假護照到國外，下落不明……」老爸望著萊恩夫人這麼說道。

「竟然有這種事。」

島津先生大大地嘆了一口氣。

「當時受你諸多照顧。」萊恩夫人說道。

「妳為什麼要見隆？」

「我想見姊姊的孩子一面。照道理，這孩子本來應該由我扶養的。」

老爸點點頭。

「金森和麗子以商社駐外員工的身分待在那個國家，一直到反政府軍占領機場的前一刻，他們還在飯店收集情報。我們在最後一次聯絡之後，得知那家飯店遭到飛彈攻擊，後來在飯店殘骸中發現了金森的遺體，卻沒找到麗子，所以我們以為妳就是她。」

「我姊應該死了吧。」

忽然間，萊恩夫人轉身面對我，眼裡含著淚。

「對不起，隆。我一直很想見姊姊的孩子一面。」

「妳怎麼知道有我這個人？」

「我在歐洲從事活動，心力交瘁，為了逃離組織跑到美國時，認識了萊恩。萊恩當時還在CIA，我是透過他的力量調查到的，因為我想知道姊姊的消息……」

「那麼，妳現在與游擊隊之間……？」

島津先生問了這句話，萊恩夫人搖搖頭。

「我先生對組織和國際警察隱瞞了我的身分，他是真心愛我的。」

「就算他是軍火販子也一樣？」

「是的。」

萊恩夫人閉上了眼。

「我愛我先生，我會遵照他一切的決定。」

「你先生現在所做的事，可能會引起世界大戰。」島津先生說道。

「或許吧。但是，他是我先生。」

「西方情報機關會不斷地追殺萊恩，直到查出飛彈的藏匿地點為止。」老爸說道。

「我知道。我先生長年待在CIA，極其痛恨政府權力及那些組織。他說，這次的事，目的是為了讓美利堅合眾國措手不及。」

「他現在在哪裡？」島津先生問道。

「不知道，他沒說。」

「她沒說謊。萊恩一定也料到她會被逼問了。」老爸說道。

萊恩夫人點點頭。

「我知道，或許我再也見不到我先生了。正因如此，我才想見見隆。」

「妳沒有孩子嗎？」

「沒有。」

老爸望著萊恩夫人。

「萊恩和這裡聯絡過嗎？」

「沒有，一次都沒有。」

「夫人，妳知道我們現在有什麼打算嗎？」

「知道。一定是想拿我作為交易的籌碼吧。這是行不通的，因為我先生無論付出什麼代價，都要對美國報仇。」

萊恩夫人毅然決然地說道。老爸以認真無比的表情凝視著她，然後說：

「看樣子是真的。隆，走吧。想拿她做交易，是我估計錯誤。」

「冴木——」

「算了，島津。若硬要把她抓起來，她一定會自殺。」

「怎麼會……」

老爸轉身就走。走到門口時，對萊恩夫人說：

「謝謝妳見我們，萊恩夫人。我想，我們不會再見面了，不管是我也好，隆也一樣。但是，妳先生就不一樣了。我一定會阻止他的，為了好幾萬名可能會死在妳先生手裡的無辜受害者。」

夫人喘息。

「隆——」

「走吧。」

我又看了她一眼。我想，我媽既然是她姊姊，一定是個很完美的女性，而那位女性的丈夫……

我跟著老爸，離開了房間。

「有點令人刮目相看哦！」

我一坐進休旅車就說道。老爸得意地笑了，抓抓下巴。鬍碴冒了出來。

「話是說出去了，但要怎麼做？」

島津先生從N飯店的入口出來了，雙手插在口袋裡，彷彿洩了氣似的。他透過車窗往裡面看。

「冴木，你真是壞事。」島津先生無力地說道。

「會嗎？可是我不說，你也會說吧。」

島津先生啐了一聲。這位國家公權力似乎也懂得人心。

「冴木，有什麼打算？」

「我現在正在跟優秀的助手討論。」老爸看了我一眼說道。

「莫利斯什麼都不知道，威利失蹤了。我們知道史岱西和黃跟萊恩一起行動。」島津先生坐進休旅車後座，喃喃地說道。

「他們也會用日本人負責聯繫吧？」我說道。

「說得好。就算他們再專業，沒有日本人也無法順利行動。」老爸說道。

「什麼意思？」

「萊恩的確在情報員時代待過日本，對東京很熟悉。但是，沒有日本人幫忙，應該動不了。」

「找以前的夥伴太冒險了吧？」

「找情報員才冒險，但是拿錢辦事的人就不見得了，像那些自由業者。」

島津先生喀喀有聲地按壓指關節。

「聰明。萊恩手下一定有好幾個見錢眼開的慣犯。」

也就是像老爸這類的人。

「會說英語的就不多了。這種人也在東歐那些組織的名單之內。」

老爸發動了休旅車。

「黑社會的事問我就對了。」

這有什麼好自豪的啊！

5

老爸把休旅車開到元麻布的一棟老舊西式樓房。小小的櫟木招牌有聚光燈照著，依招牌上的標示，這棟樓是一家會員制的俱樂部。

「表面上是一家成人的夜間俱樂部。」

老爸一邊說，一邊敲敲那扇緊閉的門。

一個身穿著灰色小禮服、蓄鬍的高大白人開了門，我看到他頭頂上有監視器。

「Are you a member?」白人以冷冷的表情問道。

「No.」老爸不慌不忙地回答。

「Sorry, we are……」

白人想關門，卻被老爸用鞋尖頂住。

「I'm a friend of your boss.」

白人的臉抽搐了。老爸不知何時像變魔術般，右手拿著從黃那裡沒收的手槍，瞄準白人身上凸出來的腰封。

「No! Don't shoot!」

白人舉起雙手，老爸抬頭看著監視器說：

「鮫島，讓我們進去。否則把你的門僮折成兩半當傘筒。」

片刻之後，不知從哪裡傳來的蜂鳴聲連響了兩聲。

白人放下手臂。「All right, come on.」

「你不會講日語嗎？」

老爸說著把槍收了起來，白人聳聳肩。

「這是我們的營業方針，我也沒辦法啊！」

白人進了門，率先走過寬廣的門廳，從腰封裡抽出繫在鍊子上的鑰匙。他把鑰匙插進乍看之下很像一面牆的木板節眼中。

「既然是社長的朋友，直說不就得了，何必來硬的，真受不了。」

這個宛如職業摔角選手的白人操著一口極不相稱的關西腔說道。鑰匙一轉動，那面牆壁便順溜溜地開了，裡面出現了一座電梯。

我和老爸進入電梯。島津先生為了預防萬一，在門廳等候。

電梯快速往下，停止。在開門的同時，我的嘴也跟著大張。

那是一間擺滿了輪盤桌、二十一點撲克台的賭場。

「鮫島以前也跑過單幫，他是幹這種缺德生意的天才，現在利用以前的門路賺錢。」

在場的賭客驚訝地轉頭看著我們，停下手邊的賭注，而老爸一邊穿越他們之間，一邊為我說明。

「不過，這是他表面上的身分，背地裡是跑單幫客和罪犯的仲介商。」

地下賭場竟然是表面上的身分，真嚇人。

職業摔角選手走到裡面的一扇門前，敲了敲門。

「進來。」

他推開門，聳聳肩。我們把他留在那裡，走了進去。

「這不是涼介兄嗎?!好久不見啦！」

一名身穿小禮服、個子矮小的禿頭大叔，從一張巨大的紫檀木書桌後面站了起來。站是站起來了，桌書與他的胸口齊高，他足足矮了我一個頭，和老爸相比，大概只到老爸的胸口，非常矮小。

「唉，能見到以前的夥伴，真教人高興。雖然這種動刀動槍的登門方式不像你的作風。」

大叔握住老爸的右手，這麼說道。

「這位就是傳說中的令公子嗎？嗯，看起來是個相當優秀的年輕人啊，一定像爸爸吧。」

開什麼玩笑。要是像這個人，我早就淪為社會敗類了。

「在樓上等的是島津吧。他明明也是個聰明人，但老是當沒出息的公務員，也沒辦法一展長才吧……」

「很抱歉，鮫島，我今天沒時間跟你閒話家常。」

「怎麼了？你在急什麼？」

「我在找湯瑪士．萊恩。他應該來找過你，要你提供助手和藏身地點。」

「萊恩？哦，你是說以前的老同事喔？沒有啊，我沒見到他。」

「別裝了。在東京有本事又諳英語的職業好手，只有你了。」

「沒這回事。萊恩本事很大，找人應該不成問題。」

老爸突然動了動右手，從外套口袋掏出槍，對準大叔的臉。

「抱歉，我趕時間。」

大叔笑容可掬地點點頭。

「原來如此，你又回到第一線了嗎？」

「不，不一樣，但情況有點複雜。回答我，萊恩應該和你聯絡過。」

「冴木，你該明白，幹這一行最重要的就是口風要緊。」

大叔搖搖頭，啐了一聲。

「要是洩露了祕密，這裡就來一下。」

大叔做了一個抹脖子的動作，這麼說道。

「要我把你的頭轟掉嗎？不然還是腳好了，讓你再矮一點也不錯。」

「實在太亂來了，冴木，這一點都不像你。」

大叔悲傷地搖搖頭。

他一搖頭，辦公室那面掛著窗簾的牆壁後面頓時湧出大批人馬。

每個人手裡都有槍，最驚人的是，威利和黃也在其中。

最後現身的人，正是照片裡的湯瑪士·萊恩。他是個髮線後退的高大白人，皮膚曬得黝黑，身穿明亮的乳白色西裝，繫著繩式領結（loop tie），頭戴牛仔帽。

「原來如此。」

說著，老爸將手裡的槍轉了一圈。

「這麼看來，鮫島，新槍兵計畫你本人也在內吧。」

「冴木，我讓湯姆用我的遊艇。」

「也就是說，飛彈在那裡了。」

「冴木，你的頭腦這麼靈光可不行啊，這樣教我怎能讓你活著回去呢！」

「反正你早就打算滅口了。」

「你們可是我以前的伙伴和伙伴的兒子啊，我個人是很想手下留情的。」

大叔神情落寞地搖搖頭。

萊恩領著史岱西站在老爸面前，史岱西立刻取走老爸的槍。

「你就是涼介．冴木嗎？」

萊恩以英語問道，定定地看著老爸。老爸也平靜地回看。史岱西搜過老爸全身，搖搖頭。

「你就是英子的外甥了。」

他的態度從容，一雙灰色眼睛定定地注視著我。

「長得跟英子有點像，看起來很聰明。」

「萊恩，中止交易吧。不然會有好幾萬人死於你賣的飛彈。」老爸說道。

「冴木，飛彈不是我做的。這世上不知有多少笨蛋製造、持有更多飛彈，必須有人來告訴他們究竟在幹什麼。」

「這就是你這麼做的原因？」

「沒錯。」

「這可不是我們這一類的打打殺殺，連小孩、女人和老人都會遭殃。」

「但是，或許有人會因此改變想法。為了救更多人，這也是不得已。」

「你自己卻大撈一票？」

「要錢的是布魯諾，不是我。」

「布魯諾呢？」

萊恩搖搖頭。

「他終究是個沒頭腦的幫派分子，可能會礙事，所以我把他處理掉了。」

「原來如此，你是打算把罪過全部推到布魯諾身上吧。事情不會那麼順利的，西方國家的人都知道你是主謀。」

「那又怎樣？逮捕我審判我嗎？不可能！因為那是美國之恥。暗殺我？他們也不可能對我下手。我都安排好了，我一死，與我交易的國家就會公開購買美製核彈的事實，這對美國的外交有極大的殺傷力。我已經將了美國一軍了。」

「很難說吧？隆！」老爸喊道。

「有。」

我脫下外套，站在老爸前面。

在場者紛紛倒抽了一口氣。老爸把手伸到我背上，說：

「你該知道這傢伙從前胸到後背綁的是什麼吧？這是大家熟悉的塑膠炸藥。我現在手上握的線就是引信。這條線只要一拉，房裡的所有人都會粉身碎骨。」

「你瘋了！」

鮫島大叫。

「不見得吧。為了救更多人，這也是不得已的——這可是你的商業夥伴說的哦！」

我在地上盤腿而坐。因為背了這玩意兒，我的肩膀痠痛得要命。

我們提出這個要求的那會兒，九谷很驚訝，不過他並沒有多問，便替我們張羅了塑膠炸藥。

「你打算殺死自己的養子？」

萊恩說道，彷彿難以置信。

「我也會死。而我們的死，將讓好幾萬人免於一死。」

老爸是認真的。

「不想被炸，就把槍放下。」

「這是威脅……，這一定是威脅。」

黃喃喃地說道。

「要試試嗎？」

「不要！千萬不要，店會被炸爛的。而且冴木這傢伙說到做到，他會來真的。」

鮫島的語氣像是在呻吟，彷彿被勒住脖子般。

萊恩重重地喘了一口氣。

「好吧。冴木，我跟你做個交易。飛彈交給你，條件是，你要讓我們平安撤退。」

老爸盯著萊恩，然後說：

「可以。我見過你老婆了，她是個出色的女性，我不想讓她傷心。但是……你一輩子都會被追殺。」

「我會逃的。只要跟英子在一起，天涯海角我都不在乎。」

萊恩得意地笑道。

「那就把槍交出來吧。」

「除了我之外，所有人都把槍交出來。」

在萊恩的命令下，老爸面前卡鏘卡鏘地堆滿了一堆槍械。

「鮫島，通知樓上的島津，告訴他飛彈就在你的船上，叫他回收之後跟這裡聯絡。」

「知……知道了！」

鮫島執行老爸的命令後，我從監視器看到島津先生如一陣旋風般衝出了俱樂部。

「好啦……」

老爸笑著看我。

「在等待的時刻，做什麼來打發時間？對了，隆，我來說個想當年的事蹟給你聽聽吧……」

——（全文完）

解說 娛樂效果十足、宛如精采動作片的短篇連作／蕭浩生

（※本文涉及故事重要情節，未讀正文者勿看。）

冴木涼介被人下毒，距離毒發身亡只剩下四十八小時，冴木隆該如何在有限的時間內找到製毒師，而這一切的背後又隱藏著什麼內幕？

打工偵探系列第二集《打工偵探——尋找製毒師》，依然由四個獨立短篇構成，在本集中，阿隆的身世之謎逐漸明朗化，涼介的過去也隨著故事發展慢慢曝光，而阿隆和康子的共同行動篇幅也明顯增加了。我們來看看作者如何巧妙地將這四個短篇與當年的時勢結合——

〈避暑勝地的夏天，殺手的夏天〉——敘述冴木父子接受委託，保護涉及官商勾結醜聞案的米澤清六妻兒，但是他的次子卻在輕井澤的別墅中離奇死亡。本書初版時的

一九八七年，中曾根康弘連任三次首相（一九七一至一九七三），成為日本戰後任期第三長的總理大臣（後來被小泉純一郎超越），一九八八年，由於「瑞克魯特醜聞案」爆發，使得他在翌年辭去首相職務。「瑞克魯德」（RECRUIT）出版社旗下的子公司房仲開發業者「RECRUIT COSMOS」，將尚未上市的股票以低價賣給當時的許多政要，等到股票上漲，從中賺取政治「銀彈」（這一招前第一家庭也用過）。除了時任首相的中曾根康弘以外，後來當上總理大臣的竹下登（第七十四任）、宮澤喜一（第七十八任）、森喜朗（第八十五、八十六任）以及第九十任首相安倍晉三之父安倍晉太郎等人都有份，據查涉案者超過九十人以上。雖然東京地檢署起訴了十二人，但是以上這些要角的案子送到法院後幾乎都不成立，只有幾個小角色被判刑，成為別人往上爬的墊腳石。

而日本歷史上最有名的貪瀆案莫過於一九七〇年代的「洛克希德醜聞案」，美國飛機製造商洛克希德公司為了開拓被波音747和麥道DC10夾攻的噴射客機市場，決定向外國的航空公司推銷自行研發的L1011，當時，日本航空（JAL）已經訂購了DC10，對手全日空（ANA）本來也打算跟進，最後卻臨時改為採購L1011。一九七四年，開始有報導指出田中角榮可能涉嫌干涉交易，他便在同年十二月辭職。一九七六年，美國參議院公聽會證實，洛克希德為了爭取訂單，從一九七〇年起，就砸下大筆金錢賄賂多國政要在各國施壓，包括美國、日本、荷蘭、約旦、墨西哥都牽扯在內。消息傳回日本後，檢方展開搜索，田中角榮也在當年七月因收受賄賂、違反外國貿易管理法等嫌疑被捕，更發現牽扯到許多政治家、暴力團和企業等等，之後與案情有關的人（記者和司機）也離奇死亡，這一切都讓這樁被稱為「總理犯罪」的案子充滿許多疑點。一九八三年，一審判決，但田中角榮持續直到一九九三年死去為止，將近二十年間，涉案的官員幾乎全身而退，恐怕是其他涉案者不想被扯出來，才想盡辦法殺人滅口或干涉司法，可見曝光的案情只是冰山一角，也突顯了日本民主政治中，官商勾結的根深柢固，而貪污醜聞至今仍像不時引爆日本政壇的地雷，最近的一次大概是今年年初民主黨黨魁小澤一郎的收賄案吧！而大澤在昌創作本篇時，讓熟知內情的人用偽裝成他殺的方法自殺，不也是另一種「離奇死亡」嗎？

〈吸血同盟〉——敘述外縣來的高中女生提出委託，要求冴木父子保護她不受吸血鬼的迫害，阿隆和康子決定聯手對抗隱藏在幕後的神祕組織。自古以來，血液一直被當成生命活力的泉源，活人希望靠鮮血延年益壽，死人則渴望藉由鮮血復活，前者成為本篇故事的情節，後者逐漸變成吸血鬼傳說。這種傳說雖然古今中外都有，但是現代對於「吸血鬼」的認知則來自於古代的羅馬尼亞，由於當地處於不同民族、宗教、文化的衝突地帶，人們常因戰爭或疾病而導致不明死亡，居民解釋成人類被吸血鬼殺害後死而復活，自己也會變成吸血鬼繼續殺更多人。不過，基督宗教（天主教、東正教）的教會認為只有上帝之子耶穌基督才會死後復活，因此在其刻意打壓下，這種傳說也逐漸淡化。直到一八九七年，愛爾蘭小說家史托克（Abraham Stoker）出版了《吸血鬼德古拉》，再次喚起歐洲人的記憶，並且隨著歐洲列強勢力的擴張散布到全世界。

「德古拉」的原型來自於十五世紀統治羅馬尼亞南部的瓦拉幾亞公爵傅拉德三世（Vlad Ⅲ），曾在奧圖曼土耳其帝國當過人質的他，一四五九年掌握實權後卻拒絕稱臣納貢，還把前來質問的使者活生生刺成肉串（這招也用來對付反對他的貴族和俘虜），雖然他數度擊敗來犯的土耳其軍隊，卻被胞弟和反對者推翻，他逃回羅馬尼亞西北部的外西凡尼亞後，又被匈牙利國王俘虜監禁，他在獲釋後，改信天主教，一四七七年在與土軍交戰中死亡，據說屍首被泡在鹽水裡，並被帶回君士坦丁堡示眾。由於他的父親傅拉德二世在他出生時受封為神聖羅馬帝國龍騎士團的騎士，因此被稱為「龍」（Dracul）公爵，他則被稱為「龍之子」（Dracula）公爵，也就是說，德古拉最初只是某人兒子的別稱，但是在基督教中「龍」和「撒旦」、「惡魔」同是邪惡的象徵，再加上他生前確實留下許多殘酷的事蹟，於是在小說家的文筆渲染後，他就從保衛羅馬尼亞和基督教文明的領主，變成了反基督的吸血鬼公爵。在本篇，大澤在昌把「鮮血讓人充滿活力」歸因為毒品和興奮劑帶來的效用，而古代中國皇帝也把鉛汞等重金屬當成仙丹食用，結果，這些有權有勢的人越不想死反而死得越快，說起來也真是諷刺啊！

〈尋找製毒師〉——本篇敘述隆為了解救老爸，竟意外扯上了新興宗教的繼位鬥爭，隆和康子再次聯手出擊。說到「新興宗教」和「毒」，很容易讓人聯想到「東京地下鐵沙林毒氣事件」的元兇「奧姆真理教」。一九八四年，麻原彰晃（本名：松本智津夫）創立了瑜珈社團「奧姆會」，並在本書出版的同年改為宗教團體「奧姆真理教」，一九八九年，獲得東京都「宗教法人」的認證後，開始在日本各地設立分部和道場，據說極盛時期，在日本的信徒有一萬人，在俄羅斯甚至有三萬人。擁有充足資金和技術人才的「奧姆真理教」，藉由商業活動掩護，取得武裝自己的設備，甚至還在澳洲買下牧場進行毒氣測試，日本警方後來在山梨縣上九一色村的教會本部搜索時，發現大量的生化武器原料和製造槍械的機器。麻原彰晃宣稱世界末日即將來臨，而一九九五年一月發生的阪神大地震，更讓他深信推翻日本政府建立理想國的時機已到，當年的三月二十日，東京地下鐵便遭到教徒施放的沙林毒氣攻擊。沙林毒氣是一種無色無味的液體，於一九三八年在德國被發現，其易揮發的特性能讓它藉由呼吸進入人體，這種神經性毒氣所需的製造技術較為困難，至今在戰爭中仍未被大量使用，「奧姆真理教」是第一個成功運用沙林毒氣進行無差別殺人的集團，也是人類史上第一個使用大規模毀滅武器（Weapons of Mass Destruction, WMDs）的恐怖組織。一九九六年，該教團失去宗教法人資格後，二〇〇〇年又改名為「阿雷夫」，二〇〇八年再次改為「Aleph」後，仍繼續活動。

書中提到的新興宗教「金禮教團」，靈感可能來自一八五九年由赤澤文治（川手文治郎）創立，與黑住教、天理教合稱「幕末三大新宗教」的金光教，現任教祖是第五代的金光平輝。日本從一九五一年頒布「宗教法人法」後，只要提出申請就能成立宗教團體，導致新興宗教數量大幅增加，大多具有以下幾項特色：重視團體活動、教義淺顯易懂、不強調教規與絕對性、注重生活化和國際化等，而「服從教祖或繼承其血脈的領導人」這項罕見的規定，加上擁有雄厚的資金、多元的設施和廣大的信徒，更讓這些宗教法人的領導者成了現代的領地諸侯。大澤在昌在本篇中針對這種神祕組織，藉由「製毒師」揭露不為人知的繼承人鬥爭內幕，而他筆下的「製毒師」是個肥胖男子，也讓人想起〇〇七系列電影《明日帝國》裡的「考夫曼醫生」，在劇中，他讓龐德的舊情人在毫無外傷的狀況下死去，並說「（調製毒藥）是我的興趣，而且我很有天分」，「塔斯克」聽到這一點應該也會認同吧！

〈打工情報員〉——敘述美國CIA退休幹員取得核彈，來到日本尋找買家，隆的親生母親疑似也捲入其中，進而揭露隆被領養的往事。日本戰後任期最長的總理大臣佐藤榮作（第六十一至六十三任，七年八個月），於一九六七年提出「非核三原則」（不持有、不製造、不輸入），並且在一九七四年獲得諾貝爾和平獎。一九六〇年代，美蘇冷戰下的核武競賽正夯，促使日本反思自己的核子政策和「美日安保條約」續約問題，關於「不持有、不製造」，當時日本國內的「原子力基本法」以及與國際簽署的「防止核武擴散條約」已明文規定，但是第三項的「不輸入」只是日本國會的決議，並不具有法律效力。佐藤榮作在翌年的施政方針演說中，又發表了四項關於「核」的基本政策：非核三原則、削減（廢除）核武、依賴美國核子保護傘、核能的和平用途。有趣的是，日本政府雖然「不持有」，但是駐日美軍的航空母艦有核子動力、潛艦攜有核彈頭；雖然「不製造」，但是從核能反應爐產生的鈽卻能用作核武中的核分裂物質；雖然「不輸入」，但是默認駐日美軍擁有核武，難道不算是變相的輸入嗎？「非核三原則」這項日本朝野多年來的共識，最近也因為北韓進行核子試爆而出現不同意見，根據NHK的民調顯示，近半數的日本人認為此舉對日本造成威脅，也有半數民眾認為「非核三原則」可以「考慮」修改，不過這也要美方同意才算數。畢竟駐日美軍除了要圍堵中、韓、俄等國家外，另一個目的也是監視日本，防止軍國主義死灰復燃。話雖如此，作為當今世上唯一遭受過核武攻擊的國家，「核」這個字眼對日本人來說意義非凡，因此日前美國總統歐巴馬提出「無核世界」的主張後，有近八成的日本民眾都贊同這項理念。大澤在昌對日本政府這種想要卻要不到、真的拿到又不敢要的窘境，藉由美國自己的叛徒和遺失的核彈，對美日雙方的官員做了一番調侃。

本書提到「週休二日」的制度，對現在的人來說也許很正常，但是在二十多年前的一九八〇年代末期，這還是一個很新鮮的工作觀念。日本也是到了二十一世紀初才全面實施，放眼世界各國的經驗，似乎只有在經濟高度成長期結束後，大多數人才會認同「休閒」的必要，反正多上一天班也不會有更多產值，不如藉由增加休假天數來刺激消費。從「週休二日」可以看出就業人口從工商業轉向服務業的趨勢，還有先進國家經濟成長趨緩的現象，類似這種現實環境上的落差，在往後的續集也會不時出現，有興趣的讀者不妨多多注意。

本文作者簡介

蕭浩生／曾任《挑戰者》月刊編輯，現為自由撰稿者。

國家圖書館出版品預行編目資料

打工偵探——尋找製毒師／大澤在昌 著／劉姿君 譯；.--.初版. 一 臺北市；獨步文化：家庭傳媒城邦分公司發行, 2009〔民98〕
面； 公分.（大澤在昌作品集：02）
譯自：アルバイト探偵　調毒師を捜せ
ISBN 978-986-6562-34-1

861.57　　98016911

ISBN 978-986-6562-34-1

大澤在昌 作品集02

打工偵探——尋找製毒師

原著書名／アルバイト探偵　調毒師を捜せ
原出版社／講談社
作者／大澤在昌
翻譯／劉姿君
選書人／陳蕙慧
責任編輯／王曉瑩

版權部／王淑儀
行銷業務部／尹子麟
總經理／陳蕙慧
榮譽社長／詹宏志
發行人／凃玉雲
出版者／獨步文化
城邦文化事業股份有限公司
地址：104台北市中山區民生東路二段141號5樓
電話：(02) 2500-7696
傳真：(02)2500-1967
發行／英屬蓋曼群島商家庭傳媒股份有限公司城邦分公司
地址：104台北市中山區民生東路二段141號2樓
讀者服務專線／(02)2500-7718; 2500-7719
服務時間／週一至週五：09:30～12:00　13:30～17:00
24小時傳真服務／(02)2500-1990; 2500-1991
讀者服務信箱／service@readingclub.com.tw
劃撥帳號／19863813　戶名／書虫股份有限公司
總經銷／大和書報圖書股份有限公司
電話：(02)8990-2588；8990-2568
傳真：(02)2290-1658；2290-1628
香港發行所／城邦（香港）出版集團有限公司
地址：香港灣仔駱克道193號東超商業中心1樓
電話：(852) 2508-6231　傳真：(852) 2578-9337
E-mail／hkcite@biznetvigator.com
馬新發行所／城邦（馬新）出版集團
【Cite (M) Sdn. Bhd. (458372 U)】
地址：11, Jalan 30D/146, Desa Tasik, Sungai Besi,
57000 Kuala Lumpur, Malaysia
電話：(603) 9056 3833　傳真：(603) 9056-2833

封面繪圖／SALLY
美術設計／戴翊庭
印刷／鴻霖印刷傳媒股份有限公司
排版／浩瀚電腦排版股份有限公司
□2009年（民98）12月初版
定價／240元　　Printed in Taiwan

獨步文化
APEX PRESS

廣　告　回　函
北區郵政管理登記證
台北廣字第000791號
郵資已付，免貼郵票

104台北市民生東路二段 141 號 2 樓

英屬蓋曼群島商家庭傳媒股份有限公司

城邦分公司

請沿虛線對摺，謝謝！

獨步文化
APEX PRESS

書號：1UM002　　**書名**：打工偵探──尋找製毒師　　**編碼**：

請於此處用膠水黏貼

獨步文化 APEX PRESS

讀者回函卡

謝謝您購買我們出版的書籍！

請費心填寫此回函卡，我們將不定期寄上城邦集團最新的出版訊息。

姓名：________________ 性別：□男 □女

生日：西元________年________月________日

地址：________________________________

聯絡電話：________________ 傳真：________________

E-mail：________________________________

學歷：□1.小學 □2.國中 □3.高中 □4.大專 □5.研究所以上

職業：□1.學生 □2.軍公教 □3.服務 □4.金融 □5.製造 □6.資訊

□7.傳播 □8.自由業 □9.農漁牧 □10.家管 □11.退休

□12.其他________________

您從何種方式得知本書消息？

□1.書店 □2.網路 □3.報紙 □4.雜誌 □5.廣播 □6.電視

□7.親友推薦 □8.其他________________

您通常以何種方式購書？

□1.書店 □2.網路 □3.傳真訂購 □4.郵局劃撥 □5.其他

您喜歡閱讀哪些類別的書籍？

□1.財經商業 □2.自然科學 □3.歷史 □4.法律 □5.文學

□6.休閒旅遊 □7.小說 □8.人物傳記 □9.生活、勵志 □10.其他

對我們的建議：________________________________

____

____

____

____

請於此處用膠水黏貼